novum premium

Kurt Rose

Schattenspringer
auf Kreuzfahrt

*Rosege Geschichten gepaart
mit stachliger Ironie*

(Keine KreuzfahrtBIOgrafie)

novum premium

www.novumverlag.com

Bibliografische Information
der Deutschen Nationalbibliothek:

Die Deutsche Nationalbibliothek
verzeichnet diese Publikation in
der Deutschen Nationalbibliografie.
Detaillierte bibliografische Daten
sind im Internet über
http://www.d-nb.de abrufbar.

Alle Rechte der Verbreitung,
auch durch Film, Funk und Fernsehen,
fotomechanische Wiedergabe,
Tonträger, elektronische Datenträger
und auszugsweisen Nachdruck,
sind vorbehalten.

© 2021 novum Verlag

ISBN 978-3-903861-91-6
Lektorat: Tobias Keil
Umschlagfotos: Leo Lintang,
Elenazarubina | Dreamstime.com
Umschlaggestaltung, Layout & Satz:
novum Verlag
Innenabbildungen: AnnaliseArt,
Pixabay

Die vom Autor zur Verfügung ge-
stellten Abbildungen wurden in der
bestmöglichen Qualität gedruckt.

Gedruckt in der Europäischen Union
auf umweltfreundlichem, chlor- und
säurefrei gebleichtem Papier.

www.novumverlag.com

*Zur Ermutigung
leidgeprüfter Schattenspringer*

Zur Vorgeschichte

„Von weißen Inseln und den Wundern dieser Welt" – von dieser erlebnisreichen und beeindruckenden Kreuzfahrt mit der MS EUROPA durch das Südchinesische Meer war ich gerade zurückgekehrt, als ich vom Reiseveranstalter ein persönliches Club-Notizbuch zugeschickt bekam mit der Empfehlung: „So können Sie Ihre vielen Reiseerlebnisse auf Papier verewigen."

Wer hatte da meine Gedanken gelesen?

Hatte ich derartige verwegene Vorstellungen nicht schon seit geraumer Zeit?

War das der berüchtigte Wink mit dem Zaunpfahl?

Ein Anstoß war zumindest gegeben. Warum sollte ich es also nicht versuchen. Mal sehen, ob die kleinen grauen Zellen noch ausreichend funktionieren und was das Gehirn des Schattenspringers gespeichert hat.

Ein paar Tage später notierte ich mir im Club-Notizbuch erste Stichpunkte zu besonders erlebnisreichen Kreuzfahrten, Personen und Begebenheiten.

Schon bald erlahmte jedoch mein Interesse daran, weiter nur in Erinnerungen zu schwelgen. Aktuelle neue Kreuzfahrtangebote lenkten meine Aufmerksamkeit stärker auf eine schon lange geplante Traumreise nach Hawaii. Diese Kreuzfahrt mit der MS EUROPA im Frühjahr 2020 bildete völlig unerwartet den Höhepunkt und zugleich einen vorübergehenden(?) Abschluss meiner Kreuzfahrten.

Aufgrund der Corona-bedingten Einschränkungen nach dieser Reise hatte ich ausreichend Zeit und Motivation, erneut nach der Feder zu greifen und die stichpunktartigen Notizen zu kleinen Geschichten zu verbinden und mich dabei an schönen Kreuzfahrterlebnissen zu erfreuen.

Schatten und Licht
an Land und auf See

Nach mehr als zwanzig Kreuzfahrten auf Expeditions- und Kreuzfahrtschiffen unterschiedlichster Kategorien sowie ausreichend Zeit und Muße zum Erinnern ermutigte mich die Empfehlung, über meine Erlebnisse, Beobachtungen und Gedanken auf Kreuzfahrten mit nunmehr gewissem Abstand noch einmal nachzudenken.

Gern gelesene Kreuzfahrterlebnisse bekannter Autoren und deren Erzählweise animierten mich dazu, aus meinen anfangs stichpunktartigen Notizen kleine Geschichten zu formulieren.

Bedenkenlos konnte ich mich dabei der Erkenntnis Wladimir Kaminers anschließen: „Auf einer Kreuzfahrt sammelt man in zwei Wochen so viele Geschichten wie auf dem Festland in Monaten nicht."

Als bekannter Satiriker betrachtet Kaminer in seinem Buch „Die Kreuzfahrer" ein Kreuzfahrtschiff als „schwimmende Oase des Glücks mit Bar, Tanzabenden und dem reibungslosen Übergang von einer Mahlzeit in die nächste" mit verständlichem Augenzwinkern. Neben den gefälligen Glücksoasen habe ich auch manch andere Seite der Kreuzfahrt kennengelernt.

Die Schauspielerin Heidi Keller, bekannt als langjährige Chefhostess Beatrice in den *Traumschiff-Filmen*, wirft in ihren Erinnerungen „Traumzeit *und andere Tage*" warmherzig, humorvoll und mit ein wenig Selbstironie einen Blick hinter die Kulissen der „Dreharbeiten an Bord und an den schönsten Orten der Welt". Mehrmals konnte ich Heide Keller persönlich bei den einprägsamen Dreharbeiten zum „Traumschiff" aus unmittelbarer Nähe beobachten und viele ihrer Eindrücke nachempfinden.

Christoph M. Herbst präsentiert uns in „Ein Traum von einem Schiff", in seiner unverwechselbaren Art zu schreiben, Schiffsaufzeichnungen von drei Wochen Dreharbeiten auf dem Traumschiff. Für mich lässt er jedoch offen, ob die Zeit an Bord für ihn mehr Traum oder Alptraum war. Ich hätte es gern genauer gewusst. Denn bekanntlich gibt es ja überall Schatten und Licht. Natürlich auch auf Kreuzfahrten. Vieles liegt wie so oft im Auge des Betrachters.

Die erwähnten Geschichten von Kaminer, Keller oder Herbst entstanden im Wesentlichen im Zusammenhang mit beruflichen Tätigkeiten der Autoren und den entsprechenden Interessen.

Ich betrachte meine Kreuzfahrterlebnisse aus einer völlig anderen Sicht. Aus der Sicht eines in gewisser Weise außergewöhnlichen Touristen. Eines Kreuzfahrers, der das Sonnenlicht scheut und den Schatten bevorzugt. Der gern mal von der sonnigen in die entgegengesetzte Seite springt und dabei sowohl heitere als auch bedenkliche Dinge ganz privat und individuell erlebt und reflektiert. Ein Schattenspringer von Natur aus, ohne kommerzielle Interessen.

Warum *Schattenspringer*?
Wer ist denn ein *Schattenspringer*?
Worin unterscheidet sich ein *Schattenspringer* von einem der üblichen Kreuzfahrer?
Wie erlebt und reflektiert ein *Schattenspringer* Kreuzfahrten?

Diese oder ähnliche Fragen haben Sie sich vielleicht schon beim Lesen des Titels dieses Buches gestellt.

„Schattenspringer auf Kreuzfahrt" – da hat der eine oder andere Leser unter Umständen an das eher bekannte Wort *Schatten**kinder*** gedacht. So wurden und werden oftmals Kinder bezeichnet, die aus unterschiedlichen Gründen weniger Aufmerksamkeit bekommen, als ihnen üblicherweise zuteilwerden sollte oder müsste. Dazu zählt man ebenso bemitleidenswerte, vernachlässigte und/oder notleidende Kinder in Kriegs- und Krisengebieten, die auf der Schattenseite unserer Gesellschaft leben. Aber auch Kinder mit einer außergewöhnlich blassen Gesichts- und Hautfarbe, die zumeist auf eine genetische Ursache zurückzuführen sind, werden den *Schatten**kindern*** häufig zugeordnet.

Nein, zu all diesen Personen gehört der von mir titulierte *Schatten**springer*** im Allgemeinen nicht. Allein die blasse Hautfarbe trifft oftmals auf ihn zu. Für *Schattenspringer*, die ich meine, sind zumeist andere Eigenheiten, Verhaltensweisen und Ursachen kennzeichnend und typisch.

Vielleicht hat der eine oder andere von Ihnen schon mal eine Person beobachtet, belächelt oder gar gehänselt, die bei herrlichem Sonnenschein immer auf die Schattenseite der Straße flüchtet, die in Bus und Bahn vehement nach einem Platz Ausschau hält, auf den möglichst kein einziger Sonnenstrahl fällt. Es sind Frauen, Männer und Kinder, die immer – auch bei größter Hitze und selbst am Strand – den ganzen Körper bedeckende Kleidung tragen, mitunter sogar Handschuhe und Kopfbedeckung mit Nackenschutz. Wenn Ihnen Personen mit diesen Verhaltensweisen aufgefallen sind, dann könnten Sie eventuell so einem von mir gemeinten *Schattenspringer* begegnet sein.

Schattenspringer ist eine inoffizielle Bezeichnung für eine Person mit einer äußerst seltenen Erkrankung, die sich unter anderem in dem beschriebenen typischen Verhalten äußert: In einem auf den Beobachter manchmal fast panisch wirkenden Rennen von einem Schattenfleck zum nächsten, damit die Haut so wenig Sonne und Licht wie möglich abbekommt. Denn jeder Sonnenstrahl fühlt sich für diese Personen wie eine brennende Nadel an, die tief in die Haut eindringt, dort noch lange Schmerzen verursacht und die Haut verunstalten kann.

Derartige *Schattenspringer* sind Personen, die deshalb eine extreme Scheu vor Sonnenlicht entwickeln, sodass sie auf viele Aktivitäten im Freien verzichten müssen. Sonnige Strandaufenthalte am Tag sind fast undenkbar. Ebenso wie Schwimmen oder Ballspiele im Freien. Diese Personen leiden an einer äußerst seltenen Krankheit – an der *Erythropoetischen Protoporphyrie*, kurz EPP genannt.

Zu diesen seltenen krankhaften *Schattenspringern* mit den auffallenden Verhaltensweisen gehöre ich seit meiner Kindheit. Und bis heute fühle ich mich auch ein bisschen wie so ein erwähntes Schatten*kind*, obwohl inzwischen schon im fortgeschrittenen Alter. Eine Bleichnase mit markanten Spuren sowohl auf Nase und Haut als auch auf der Seele.

Wenn man wie ich mit diesem krankhaften Drang nach Schattensuche aufgewachsen ist und lange Zeit damit verbracht hat, ständig in die Dunkelheit zu fliehen, ist man eines Tages die Dunkelheit leid. Man sehnt sich insgeheim umso mehr hinaus in den Sonnenschein und in ein fröhliches Strandgetümmel. Man träumt von unbeschwerten Aufenthalten an exotischen Stränden in tropischen Gefilden. So geht es jedenfalls mir.

Eventuell führte gerade die jahrelange Lichtabstinenz in meiner Kinder- und Jugendzeit zu meiner ungebändigten Sehnsucht, Licht- und Schattenseiten fremder Länder und Menschen persönlich kennenzulernen.

Frei nach dem Rat des Dalai Lamas muss ich, seit die Reisemöglichkeiten es mir erlauben, einmal im Jahr ein Land besuchen, in dem ich noch nie war. Inzwischen sind es mehr als hundert Staaten und alle Erdteile.

Anfangs führten mich Rundreisen mit Bus, Bahn oder Flugzeug durch die DDR und in die Nachbarländer, später durch viele Länder der Welt.

Nach erlebnisreichen sonnigen Tagen und vielen darauf folgenden Nächten mit Schmerzen auf der Haut und der Seele, aber dennoch immer mit dem Gefühl, dem Licht und der Sonne getrotzt zu haben, entdeckte ich nach den ersten Reisen mit einem Schiff zunehmend die Vorzüge von Kreuzfahrten für mich.

Auf einem Schiff gibt es selbst am Pool fast immer Plätze auf einer Schattenseite. Allerdings manchmal schwer umkämpft, wie noch zu lesen sein wird.

Und wenn sich Lichtempfindlichkeiten auf der Haut andeuten, kann man sich auf einem Schiff unverzüglich und problemlos in die Kabine oder einen der Aufenthaltsräume mit Panoramablick auf das Meer oder den Hafen zurückziehen. Trotzdem ist man in unmittelbarer Nähe der Familie, der Freunde oder Reisebekanntschaften.

Da kann für *Schattenspringer* selbst eine dunkle klimatisierte Innenkabine im Bedarfsfall ein äußerst angenehmer und vorteilhafter Rückzugsort sein.

Außerdem kann auf einer Kreuzfahrt, wenn man seine lichtempfindlichen Einschränkungen wieder einmal vergessen oder überschätzt hat, bei gesundheitlichen Problemen der Schiffsarzt jederzeit konsultiert werden.

Nicht zu vergessen sind an Bord ebenso die Cafés oder Bars mit Panoramablick, in denen man das Meer und die Landschaft, vor intensiver Sonnenstrahlung geschützt, an sich vorbeiziehen lassen kann.

Abends haben es mir persönlich die teilweise überdachten Bars am Heck des Schiffes mit dem romantischen Blick aufs Meer und den nächtlichen Sternenhimmel sehr angetan, weil dort meist ein leichter Fahrtwind weht, der die manchmal arg strapazierte Haut angenehm kühlt.

Vielleicht können meine Erfahrungen auch andere *Schattenspringer* anregen, sich – soweit es natürlich ihre finanziellen Möglichkeiten erlauben – einmal auf Kreuzfahrt zu begeben und die erwähnten Vorzüge zu testen.

Als Kreuzfahrer aus dem Osten habe ich in der Wendezeit und leider noch Jahre später aber auch so manch andere unerwartete Schattenseite mit Schmerzen nicht auf der Haut, dafür auf der strapazierten Seele erlebt. In diesem Fall bin ich lange Zeit unter einem ganz anderen Blickwinkel als *Schattenspringer* gereist.

Für einige langjährige Kreuzfahrer aus den alten Bundesländern lebte ich viele Jahre im Schatten ihrer Welt. In einer fernöstlichen Provinz der DDR. Das wurde mir nicht nur einmal unmissverständlich zu verstehen gegeben. Daher konnte, durfte oder musste ich nach ihrem Verständnis erst nach der Wende aus dem Schattendasein des Ostens ins Sonnenlicht des Westens springen und konnte, durfte oder sollte mich ergeben und dankbar zu ihnen in den sonnigen Westen gesellen. Anfangs war ich diesem Sprung in eine Gesellschaft mit nicht wenigen sich besser dünkenden Bewohnern gar nicht gewachsen.

Wollte ich diesen gepriesenen sonnigen Westen eigentlich ganz so vorbehaltlos?

Zweifel für meine Bedenken und mein daraus resultierendes zurückhaltendes Auftreten ergaben sich zum Teil aus einer gewissen Schüchternheit meinerseits, meiner Empathie, manchmal auch aus Naivität, am häufigsten jedoch aus mangelnder Konfrontationsfähigkeit. Bisher hatte ich Erfolge mehr durch Fleiß und Disziplin erzielt als durch privilegierte Herkunft, überhöhte Selbstdarstellung und Ellenbogen.

Sicher ist die Erzählweise der einen oder anderen Episode zum Beispiel in der Geschichte

Vom Schatten ins Licht springen

aus dieser Sicht geschrieben und zu verstehen. Es ist die Sicht eines manchmal vielleicht zu nachdenklichen und empfindlichen, aber niemals wehleidigen oder zu Dank verpflichteten Ostlers.

Im Verlauf der Jahre hat sich meine Sichtweise teilweise verändert und außerdem sieht man nach jeder Reise und mit gewissem Abstand vieles sowieso ganz anders. Da halte ich es mit dem französischen Schriftsteller Stendhal: „Was ich am Reisen am meisten liebe, ist das Erstaunen bei der Rückkehr. Es verklärt die albernsten Menschen und die nichtigsten Dinge."

In einem solchen Rückblick werden fast unbemerkt die unangenehmste Auseinandersetzung zur lehrreichsten Erfahrung, die peinlichste Situation zur albernen Lachnummer und das zärtlichste Rendezvous zur banalen Tragödie. Vielleicht sind Reiseerlebnisse gerade deshalb so erzählenswert und werden interessiert aufgenommen.

Sowohl *rose*ge als auch stachlige Verklärungen und Fiktionen, sogar kleine Eulenspiegeleien sind in meinen folgenden Geschichten dabei mit Sicherheit nicht auszuschließen:

Wenn sich zum Beispiel Träume vom Aufenthalt an den Südseestränden in der Geschichte:

Aloha– Oahu – Kauai
Hawaii – ich komme

für einen Schattenspringer endlich zu verwirklichen scheinen, jedoch urplötzlich wie eine Blase zerplatzen,

wenn ein erfahrener Kreuzfahrer in der Geschichte

Alter Falter sucht wohlhabende Blüte

einem schüchternen Neuling an Bord schmunzelnd seine Tricks zur Eroberung wohlhabender Blüten verrät,

wenn bei Wendediskussionen unterschiedliche Meinungen und Verhaltensweisen von Ostlern und Westlern an Bord in der Geschichte

Vom schattigen Osten in den sonnigen Westen springen

kontrovers aufeinandertreffen
oder

wenn ein „Superweib" in

Schriftstellerin mutiert zum Passagierschreck

unbeabsichtigt einen schüchternen Passagier verschreckt,

wenn zwei verzweifelte Passagiere in

Abenteuer Brasilien & Geheimnisvolles Amazonien

bedeutsame Erinnerungsstücke am Amazonas heimlich über Bord gehen lassen,

wenn eine Kreuzfahrt überraschend mit

*Pleiten, Pech und Pannen
auf dem Mittelmeer*

endet
bzw.

wenn ein Virus den Reiseverlauf einer langersehnten Kreuzfahrt total durcheinanderbringt und alles nur in die eine Frage mündet:

Wohin soll denn die Reise geh'n?

Diese und weitere Kreuzfahrtgeschichten erzähle ich vorrangig aus der Perspektive des definierten *Schattenspringers*. Dazu gehört auch, dass es durchaus schon mal vorkommen kann, dass ich bereits in Vorbereitung auf die Reise über meinen eigenen Schatten springen muss, wenn es z. B. darum geht, den überzogen wirkenden Preis für eine Luxuskreuzfahrt plus Aufschlag für Alleinreisende zu berappen. Das empfinde ich ebenso, wenn ich bei Nachfrage von meinen ostdeutschen Freunden und Bekannten zum Preis der Reise lieber nicht darüber reden möchte. Es könnte ja als Angabe oder Protzgehabe wirken. Diese und auch die folgenden Sprünge beim Überwinden von Grenzen kennen sicher viele Kreuzfahrer.

Ich muss bei Kreuzfahrten häufig über meinen eigenen Schatten springen, um das Gehabe und die Allüren aufdringlicher und unbequemer Passagiere, das Auftreten überheblichen Personals – ja, das gibt es auch auf Kreuzfahrten, insbesondere bei den Kontrollbehörden in den Häfen – tolerieren zu können und ein solches Verhalten dennoch mit einem typisch „rosegen" Schmunzeln oder Lächeln zu bedenken.

Vielmehr in Erinnerung bleiben oft Erlebnisse, bei denen man sich persönlich überwinden muss, zuvor nicht zugetraute Hürden zu überspringen.

Wer kennt nicht das glückstrahlende Gefühl, wenn man sich trotz gesundheitlicher Bedenken dazu hinreißen lässt, an einem spektakulären Ausflug oder Programm teilzunehmen, und anschließend die eigene Courage bewundert.

Die Aufmerksamkeit einer interessanten oder prominenten Person an Bord zu erringen oder etwas zu tun, was man zu Hause in der Öffentlichkeit nie tun würde, können ebenso dazu führen.

Dieses sich anschließende beglückende Gefühl, über den eigenen Schatten gesprungen zu sein und dabei den inneren Schweinehund überwunden zu haben, kennt wohl jeder und viele werden sich vielleicht an ähnliche Situationen gern erinnern.

Begleiten Sie den *Schattenspringer* also in seinen Kreuzfahrtgeschichten bei solchen Gefühlsmomenten.

Vielleicht erkennen Sie sich selbst in einer der folgenden Geschichten wieder. Es kann ja sein, dass wir uns tatsächlich auf einer Kreuzfahrt begegnet sind und Sie die Vorlage für eine der beobachteten Personen bilden.

Bei den als äußerst angenehm empfundenen rosigen Begegnungen sind Sie es garantiert.

In den unliebsamen stachligen Auftritten und Darstellungen, die man besser vergessen hätte, irren Sie sich bestimmt. Da sind nicht Sie gemeint. Achtung, jetzt antwortet der Deutschlehrer aus voller Überzeugung mit Veronas schelmischen Worten:

„Das kann ich Sie versichern."

Da stimmt doch nicht einmal der Name. Vorsicht Sprachspiel!

Oder aber Sie haben ähnliche Begebenheiten an Bord selbst erlebt und Sie kommen ins Grübeln:

Wie war das bloß?

Erste Kreuzfahrterfahrungen

Gemeinsam mit langjährigen Freunden, einige Male auch mit meiner Mutter, unternahm ich vor und nach der Wende mehrere Schiffsreisen.

Mit der sowjetischen MS „Fjodor Scheljapin" kreuzten wir Anfang der Achtzigerjahre auf dem Schwarzen Meer.

Es war meine erste Hochseekreuzfahrt. Ich war fasziniert von der ungezwungenen freundlichen Atmosphäre auf dem Mittelklasseschiff und natürlich von den unkomplizierten Rückzugsmöglichkeiten in die Kabine, wenn die subtropische Sonne mir auf der Haut gesundheitlich meine Grenzen schmerzhaft spüren ließ.

Fasziniert war ich aber auch von der Natur und den geschichtsträchtigen Orten am Schwarzen Meer. Zum ersten Mal in meinem Leben konnte ich die Atmosphäre am Meer über mehrere Tage mit zeitlich begrenzten Aufenthalten im Freien fast ungetrübt genießen.

Nachhaltig in Erinnerung blieben mir die vom Meer aus bewunderten unendlich erscheinenden weißen Strände des Schwarzen Meeres sowie die traditionsreichen Städte Odessa und Jalta auf der Krim.

Die Stadt Odessa liegt auf Hügeln, von denen man wie von Terrassen auf den kleinen Hafen im Schwarzen Meer sehen kann.

Vom Hafen zur Altstadt gingen wir über die Potjomkinsche Treppe, dem Wahrzeichen Odessas. Die Treppe soll an die Russische Revolution von 1905 erinnern. Das von Meuterern übernommene Schiff „Potjomkin" lief in den Hafen von Odessa ein, aber die Matrosen unterstützten nicht einen zu dieser Zeit stattfindenden Generalstreik in der Stadt. (Das Ereignis wurde später Grundlage für den weltbekannten Film „Panzerkreuzer Potjomkin".)

Mit dem Ort Jalta am Fuße der Südkette des Krimgebirges, im Halbrund einer Bucht des Schwarzen Meeres gelegen, ist für viele von uns die Konferenz von Jalta (auch *Krim-Konferenz* genannt) verbunden. Sie war ein diplomatisches Treffen der alliierten Staatschefs Roosevelt (USA), Churchill (Vereinigtes Königreich) und Stalin (UdSSR) vom 4. bis zum 11. Februar 1945. Themen der Konferenz waren vor allem die Aufteilung Deutschlands, die Machtverteilung in Europa nach dem Ende des Krieges und der Krieg gegen das Japanische Kaiserreich. Die Konferenz fand im Liwadija-Palast statt.

Als faszinierendes Bauwerk mit prachtvollem Ausblick auf das Schwarze Meer blieb mir das „Schwalbennest" in Erinnerung. Es ist ein Schloss an der Südküste der Halbinsel Krim in der Nähe von Jalta und steht etwa 40 Meter über dem Meer auf einer Klippe, dem Ai-Todor-Kap. Das Schloss verbindet Elemente der historistischen Neogotik mit der orientalisierenden Architektur.

In Nessebar (Bulgarien) habe ich das erste Mal Delfine in einem Delphinarium in einer Vorführung gesehen. Für mich war es eine außergewöhnliche Show, auch wenn es heute geteilte Meinungen zu einer solchen Veranstaltung gibt. Das Programm war sehr unterhaltsam, die Delfine machten einen guten Eindruck.

Ein außergewöhnliches Ereignis – noch vor der Wende in den Zeiten des Kalten Krieges und der eingeschränkten Reisemöglichkeiten– war für mich als DDR-Bürger der Transatlantik-Flug über Kanada nach Kuba und auf der Rückreise die Überquerung des Atlantiks mit der MS ARKONA.

Das Anliegen der Veranstalter dieser Kreuzfahrt bestand sicher darin, den Urlaubern auf erholsame Weise Kuba zu zeigen, damit sie Fidel Castros soziale Errungenschaften auf einer Insel vor den Augen der USA bewundern können. Uns Touristen öffnete es die Augen nicht nur für die gepriesenen rosigen Seiten, wie der folgenden Geschichte zu entnehmen ist.

Nur Fidel –
den haben wir nicht gesehn

Nach den erwähnten Kreuzfahrten auf Wolga, Don und Schwarzem Meer bot sich mir noch zu DDR-Zeiten die einmalige Gelegenheit, über fünf Meere in die große weite Welt zu kreuzen. Die Kreuzfahrt sollte mit dem aus der gleichnamigen bundesdeutschen Fernsehserie bekannten „Traumschiff" – für mich das Sinnbild bundesdeutschen Wohlstandes – erfolgen.

Im Jahr 1985 wechselte der Luxusliner nicht nur den Besitzer und die Flagge, sondern auch den Namen. Aus der MS **A**STOR der Hamburger Reederei HADG wurde die MS **A**RKONA – das FDGB-Urlauberschiff der DDR.

Beim Namenswechsel soll auch der Anfangsbuchstabe **A** eine Rolle gespielt haben. Da man das Interieur, das Geschirr, die Gläser etc. übernehmen wollte, mussten die Initialen passen. Außerdem klingt *Arkona,* die nördlichste Spitze Rügens, als Schiffsname doch viel besser als *Astor,* die Bezeichnung für eine amerikanische Zigarettensorte.

Mit der MS ARKONA auf den Weltmeeren kreuzen zu dürfen, war für mich wie ein Fünfer im Lotto mit Zusatzzahlen.

Meinem langjährigen Kollegen und Freund, mit dem ich schon die anderen Kreuzfahrten in der Sowjetunion gemacht hatte, ereilte dieses Glück. Ihm wurde eine Reise mit der MS ARKONA angeboten. Ein Platz in einer Dreierkabine gemeinsam mit einem jungen Agronomen aus einer LPG in unserem Landkreis. Der Landwirt hatte die Reise als Auszeichnung erhalten.

Zufällig hatte mein befreundeter Kollege überdies mitbekommen, dass der dritte Kabinenplatz noch nicht vergeben war. Er riet mir, bei der Gewerkschaft ganz nebenbei mal in Erfahrung zu bringen, ob der Platz noch frei sei und zugleich um mein Interesse zu bekunden. Was ich selbstverständlich umgehend tat.

Es dauerte gar nicht lange, da teilte man mir mit, dass die vorgesehene dritte Person für die Kabine nicht mehr zur Verfügung stehe und ich als „Ersatz" infrage käme. Ich konnte mein Glück kaum fassen.

Nach Abschluss aller Formalitäten erhielten mein Freund und ich kurz vor der Abreise die Nachricht, dass wir gemeinsam mit dem jungen Agronomen aus der Nachbargemeinde in der Kabine 328 untergebracht werden und zur Reisegruppe 12 gehören.

Am Abreisetag sollte sich unsere Reisegruppe um 2.30 Uhr auf dem Flughafen Berlin-Schönefeld einfinden, um mit einer IL 62 nach Kuba zu fliegen. Bereits am Abend zuvor fuhren wir von unserem mecklenburgischen Wohnort mit der Bahn nach Berlin und nächtigten auf einer Bank im Flughafen, da es nachts weder Zug- noch S-Bahn-Verbindungen nach Berlin-Schönefeld gab. Aber das machte uns angesichts der verlockenden Ziele gar nichts aus. Es erhöhte lediglich den Adrenalinspiegel.

Nach einer komplikationslosen Flugabfertigung (heute Check-In) erfuhren wir im Flugzeug, dass unser Flug nach Havanna zwei Zwischenstopps zum Tanken enthält: Sao Miguel auf den Azoren sowie Gander in Neufundland/Kanada.

Dem kurzen Stopp auf den Azoren, bei dem wir das Flugzeug nicht verlassen durften, folgte – wie in den 80er Jahren bei Transatlantikflügen nach Amerika noch notwendig – ein obligatorischer Tankstopp auf dem International Airport Gander auf der kanadischen Insel Neufundland. Von Weltenbummlern wurde er als am Ende der Welt gelegen gesehen.

Für mich war es ein bedeutsamer erster kleiner Schritt auf den Boden einer anderen, der westlichen Welt, einer Welt, die mir bis dahin zu betreten verwehrt war. Allerdings nur kurzzeitig in einer improvisierten Abflughalle. Entsprechend war das Gefühl.

Einst war Gander der größte Flughafen der Welt. Jetzt, zur Zeit des Kalten Krieges, wurden die Landebahnen überwiegend von Jets aus dem sogenannten Ostblock beherrscht.

Selbst **Fidel** Castro, den bekanntesten kubanischen Revolutionär, von den meisten Kubanern nur **Fidel** genannt, hatte man in Gander schon gesehen. Vor Jahren war er dort, um sich angeblich einen Schlitten auszuleihen und in Neufundland sein erstes Winterwunderland zu erleben.

Ich hingegen hatte mich aufgemacht, um die Reize von **Fidel**s Sommerwunderland Kuba zu ergründen. Auf dem Weg zu diesem Ziel war Neufundland für mich nur eine notwendige Durchgangsstation auf dem Weg nach Kuba. Für manche Osteuropäer, auch DDR-Bewohner, soll der Zwischenstopp in Gander allerdings eine geplante Durchgangsstation für eine Flucht in die westliche Welt gewesen sein.

Nach rund einstündigem Aufenthalt in der Empfangshalle von Gander, in der wir zwar die Auslagen in den Verkaufseinrichtungen bewundern durften, aber nichts kaufen konnten, weil wir über keine konvertierbare Währung verfügten, brachen wir auf, um wieder zu unserem Flugzeug zurückzukehren.

Auf dem Weg durch die Halle musste ich plötzlich an die Zeilen aus dem Lied von Udo Jürgens „Ich war noch niemals in New York" denken:

> *„Wie wenn das jetzt ein Aufbruch wär*
> *Ich müsste einfach geh'n*
> *Für alle Zeit ..."*

Diesen Gedanken in die Tat umzusetzen, war mir allerdings nie in den Sinn gekommen.

Wahrscheinlich schielte ich dennoch, natürlich vollkommen desinteressiert, jedoch, wie sich zeigte, nicht ganz unbemerkt auf die verschiedenen Ausgänge und ihre Aufschriften, als mir eine junge Frau aus unserer Reisegruppe unauffällig ins Ohr flüsterte:

„Durch diese Tür muss man gehen, wenn man abhauen will."

Mein Freund und zukünftiger Kabinennachbar, der vor mir ging, drehte sich kurz um und raunzte mir zu:

„Wo bleibst du denn?"

Forschen Schrittes führte er mich weg von den geheimnisumwobenen Ausgängen, von meinen abwegigen Gedanken und von Udo Jürgens Aufbruchsstimmung wieder zu **Fidels** aktuellen Urlaubszielen.

Bei unserem Flug nach Kuba hatte, zum Glück für den Reiseverlauf, niemand die Chance zu einem Aufbruch gewagt, um nach New York, Hawaii oder San Francisco zu fliehen, so dass wir unser erstes Sehnsuchtsziel – die Hauptstadt Kubas – komplikationslos erreichten.

In Havanna gingen wir an Bord der MS ARKONA. Hingerissen von der prachtvollen Kulisse des Hafens mit seinen mächtigen Festungsanlagen zu beiden Seiten übersahen wir beim näheren Betrachten auch nicht die zerfallenden Bauten auf dem Malecon, der Uferstraße am Golf von Mexiko – dem einstigen Küstenboulevard.

Bröckelnde Fassaden der Häuser, dunkle Flure, notdürftig zusammengeflickte Stromleitungen an den Hauseingängen, Seilwinde, mit denen Wassereimer mühsam in die oberen Stockwerke gehievt wurden, und Wäscheleinen mit abgetragenen Kleidungsstücken stachen mir in die Augen und trübten meine Gedanken.

Aller Trübsinn des wahrgenommenen Daseins war jedoch wie weggeblasen, als wir in natura die ansteckende Freundlichkeit der Kubaner spürten, die uns überall temperamentvoll begrüßten. Auf der Plaza de Armas oder der Plaza de la Catedral ebenso wie auf der ältesten Festung der Stadt, dem Castillo de la Fuerza. Und dann haben wir endlich in nicht zu übersehender Größe **Fidel** auf dem Plaza de la Revolución entdeckt. Allerdings nur auf einem überdimensionalen Plakat.

Bei den Stadtrundgängen fiel mir noch auf, dass zahlreiche Kubaner die „Granma" (übersetzt die „Großmutter") stolz unterm Arm trugen. Gemeint ist natürlich die Tageszeitung der Kommunistischen Partei Kubas, benannt nach **Fidel**s Boot, mit dem er 1956 von Mexiko kommend Kuba ansteuerte und gewissermaßen den Startschuss für die kubanische Revolution einleitete.

25 Jahre nach dieser ersten Reise mit der MS ARKONA führte mich erneut eine Kreuzfahrt diesmal mit der MS DEUTSCHLAND durch die Karibik nach Kuba. Inzwischen hatte man die Anziehungskraft der Insel für den boomenden Fremdenverkehr entdeckt. Die Besucher aus zahlreichen Ländern strömten in die stolze Hauptstadt Havanna und in Orte wie Santiago der Cuba, Cienfuegos und Trinidad. Überall wurde, soweit es die staatlichen Mittel erlaubten, restauriert. Der Malecon entwickelte sich in eine Flaniermeile, in dessen Umfeld sich kleine privat betriebene Restaurants etablierten und zum Verweilen einluden. Dennoch vermisste ich irgendwie den morbiden Charme der ersten Begegnung. Selbst Losungen wie PATRIA O MUERTE (Heimat oder Tod) verblassten zunehmend.

Auch diesmal haben mich die freundlichen und temperamentvollen Kubaner beeindruckt, die trotz ihres einfachen, manchmal besorgniserregenden Lebensstandards selbst bei prekärer Versorgungslage immer optimistisch wirkten und immer noch glaubten, eine gerechtere Gesellschaft schaffen zu können. Selbst wenn der Ruf VENCEREMOS (Wir werden siegen!) leiser und seltener wurde.

Schon bei unserem ersten Aufenthalt in Havanna hatten wir kurz nach der Ankunft der weltberühmten Revue des „Tropicana" einen organisierten Besuch abgestattet.

Die Show im Freien mit rund 200 Mitwirkenden vor über 1000 Zuschauern bot einen wahren Karneval mit afrokubanischen Rhythmen, Kostümen, Tanz und Spaß. Bei Cola, Saft und einer Flasche Cuba-Rum für jeweils sechs Personen am Tisch verbrachten wir einen stimmungsvollen karibischen Abend. Zu uns gesellten sich die Künstler von Bord der MS ARKONA: Kurt Nolze, Gabi Munk & Ingo Krähmer sowie Ingrid Raack. Im „Tropicana" waren wir alle gemeinsam ausgezeichnete FDGB-Urlauber.

Natürlich suchten wir an einem der folgenden Tage privat die ganz unscheinbar in einer schmalen Seitengasse von Havanna gelegene legendäre „Bodeguita del Medio" (auf Deutsch „Kneipe in der Mitte") auf, um den traditionellen Mojito (Rum, Limone frische Pfefferminzstängel, Soda und Eiswürfel) zu trinken. Genauso wie es berühmte Leute wie Charlie Chaplin, Marlene Dietrich, Brigitte Bardot, Salvador Allende und Fidel Castro angeblich getan haben sollen.

Doch auch hier habe ich **Fidel** beide Male leider nicht gesehen.

In der Erinnerung aber bleibt der an die weiße Wand geschriebene Spruch des kubanischen Autors Garcia Leandro: „Bodeguita, du bleibst, ich gehe!"

Bei den obligatorischen Rundfahrten und Ausflügen auf der gesamten Insel wurde uns bei der ersten Reise sehr bewegt demonstriert, wie sich Kuba vom Treffpunkt der internationalen Mafia zu einer Bastion des Sozialismus in ganz Amerika wandelte.

Wir besuchten die geschichtsträchtigen Orte der kubanischen Revolution Ende der 50er/Anfang der 60er Jahre des vergangenen Jahrhunderts.

In Santiago de Cuba bei den Moncada-Kasernen erfuhren wir, dass dort bereits 1953 ein Ansturm von Rebellen um Fidel Castro auf das Bollwerk der verhassten Batista-Regierung erfolglos blieb.

Anschließend verweilten wir vor dem Rathaus von Santiago, vor dessen Fassade Fidel Castro dann sechs Jahre später den Sieg der Revolution verkündete.

Bei einer Bootsfahrt in der Schweinebucht hörten wir von der gescheiterten Invasion von Exilkubaner, die 1961 von den USA unterstützt worden war.

Unter dem Namen **Invasion in der Schweinebucht** ging dieser im Jahr 1961 nur drei Tage dauernde militärische Angriff auf Kuba in die Geschichte ein. Die Invasion hatte den Sturz der Revolutionsregierung unter Fidel Castro zum Ziel. Fidel Castro war jedoch von den Plänen informiert worden und erwartete die Invasoren in der Schweinebucht. Die Invasion scheiterte. Die Regierung des gerade erst gewählten Präsidenten John F. Kennedy war blamiert. Noch heute gibt die vom amerikanischen Geheimdienst CIA gesteuerte Aktion einige Rätsel auf.

Neben der revolutionären Geschichte Kubas erhielten wir aber auch nachhaltige Einblicke in die Landschaft und Natur sowie in die Kultur und Architektur auf dieser karibischen Insel und wir gewannen unvergessliche Eindrücke vom Leben ihrer liebenswerten Bewohner.

In Cienfuegos, wegen ihrer neoklassizistischen Architektur wurde die Stadt mit ihrem lebhaften Ortskern auch „Perle des Südens" genannt, bewunderte ich den Nationalpark Zapata. Vor allem die Krokodilfarm hatte es mir angetan. So viele Krokodile in natura beobachten zu dürfen, überstieg alle meine Vorstellungen.

Kubas exotischste Stadt war für mich das karibische Santiago. Die Stadt schmiegt sich idyllisch an eine Bucht, an deren Einfahrt die mächtige Morro-Festung thront. Auf dem Ifigenia-Friedhof dieser Stadt ruht José Martí. Er war ein kubanischer Poet und Schriftsteller und gilt als kubanischer Nationalheld sowie als Symbol für den Unabhängigkeitskampf seines Landes.

Zu einem Einkaufsbummel hatten wir bei den Landgängen kaum Gelegenheit, vom Organisator sicher beabsichtigt. Die Vorzeige-Verkaufsstelle für Waren des täglichen Bedarfs, in die man uns führte, glich eher einem kleinen Lagerraum mit Kisten, Säcken und Regalen, aus denen Grundnahrungsmittel wie Eier, Reis, Mehl oder Waren des täglichen Bedarfs wie bestimmte rationierte Toilettenartikel entnommen und zum Teil auf Bezugschein vergeben wurden. Überall waren die Versorgungsengpässe spürbar. Zahlreiche leere Regale. Selbst überzeugte DDR-Bürger blickten verschämt auf das äußerst dürftige Angebot für ihre kubanischen Freunde.

Auf einem kleinen Bauernmarkt in Santiago, auf dem die Pioniere der kubanischen Marktwirtschaft agierten, fand ich dann endlich die Möglichkeit, ein Mitbringsel von der Reise zu erwerben. Die Wahl fiel mehr schwer. Das Angebot für einen Touristen war ziemlich begrenzt. Außer den berühmten kubanischen Zigarren, deren Herstellung wir in einer Manufaktur beiwohnten, und dem Zuckerrohrschnaps – dem kubanischen Rum – entdeckte ich kaum ein passendes Souvenir. Allerdings rauchten weder meine Freunde noch ich. Rum aus Kuba gab es auch bei uns im Konsum. Ohne Bezugsschein. Zudem war der Transport einer Flasche im Koffer nicht komplikationslos.

An einem Stand mit Werkzeugen entdeckte ich Macheten, deren Gebrauch uns auf einer Zuckerrohrplantage vorgeführt wurde. Eine Machete – ein Buschmesser – das wär's. Ein Erinnerungsstück an ein führendes Land im Zuckerrohranbau und zugleich eine bei uns zuhause schwer zu erwerbende Waffe für einen möglichen Verteidigungsfall. Heute kaum vorstellbar hat mich die Machete problemlos durch Zoll und Flugsicherheit begleitet.

Ein wenig enttäuscht war ich nur, als ich zu Hause beim genauen Betrachten der Machete den Hinweis „*made in china*" entdeckte. War es doch das einzige Souvenir aus Kuba, das ich käuflich erworben hatte.

Von den 25 Peso, die wir offiziell umtauschen durften, habe ich 15 Peso (42,30 Mark der DDR) wieder zurückgetauscht. Das lag nicht nur an dem mangelnden Konsumangebot auf Kuba, sondern auch an der ausgezeichneten Verpflegung an Bord, die bei mir kein Bedürfnis nach weiteren Leckerbissen an Land weckte.

Von dem zurückgetauschten Geld kaufte ich zu Hause eine Flasche echten Havanna Club, der in meiner Hausbar lange Zeit ein unbeachtetes Dasein fröhnte.

Nach sechs erlebnisreichen Tagen nahmen wir in Santiago de Cuba bewegt Abschied von der Insel und ihren stolzen Bewohnern.

Nur **Fidel** – den stolzesten Bewohner Kubas – den haben wir nirgends geseh'n.

An Bord der MS ARKONA stand uns eine zweiwöchige Kreuzfahrt über fünf Meere und mehr als 5000 Seemeilen nach Rostock bevor. Allerdings ohne Anlandungen, weder in der Karibik noch auf den Azoren und schon gar nicht am Ärmelkanal und an der Nordseeküste. Das waren die gefühlten Schattenseiten einer solchen Kreuzfahrt für DDR-Bewohner. Angeblich waren die Hafengebühren devisenpflichtig und zu kostenintensiv.

Selbst auf eine seemeilen- und zeitsparende Fahrt durch den Nord-Ostsee-Kanal wurde verzichtet. Hier sah man von staatlicher Seite wohl eher die Gefahr, dass sich regimekritische Bürger durch einen Sprung ins Wasser schwimmend leicht an das andere erstrebte Ufer begeben könnten.

Auch ohne gelegentlich vermisste Anlandungen gestalteten sich die zwei Wochen auf See für mich als unvergessliches Erlebnis. Sie legten den Grundstein für meine erwachenden Sehnsüchte nach luxuriösen Kreuzfahrten. Über **fünf** Meere musste ich kreuzen, um die Vorzüge für einer Kreuzfahrt für mich als Schattenspringer zu entdecken.

Vom sonnigen **Karibischen Meer** ging es in das große besonders tiefe und klare Meeresgebiet der **Saragossasee**, in der sich die bei uns so beliebten Aale vermehren, bevor sie die Reise in unsere heimatlichen Gewässer antreten. Munter wie die Aale im Wasser feierten wir an Bord ein großes Kolumbusfest, bei dem sich Neptun, der Gott des Meeres, mit seinem Gefolge die Ehre gab.

Für mich war es ein besonderes unbeschwerliches Erlebnis. Zum ersten Mal nahm ich an einer solchen vorzüglich improvisierten Strandparty teil. Bisher hatte ich immer auf die Teilnahme an derartigen Veranstaltungen verzichten müssen, weil es direkt am Strand für mich meist viel zu sonnig war und die möglichen Rückzugsorte in den Schatten zu weit vom unmittelbaren Geschehen entfernt waren. Hier an Bord der ARKONA fühlte ich mich in das fröhliche Treiben am Pool unmittelbarer einbezogen. Das werktätige Volk feierte unbeschwert und ausgelassen, aber diszipliniert. Und ich gehörte dazu. Im Schatten des darüber liegenden Decks sangen wir alle voller Inbrunst gemeinsam mit dem Schlagerduo Gabi Munk/Ingo Krämer das Arkona-Lied:

„Auf der Arkona, ja da kommt so was vor."

Ich nahm auch auf späteren Kreuzfahrten gern an den Neptun-Festen, Äquator-Taufen oder Piraten-Partys teil. Aber keines dieser Bordfeste blieb mir so nachhaltig in Erinnerung wie das Kolumbusfest auf der MS ARKONA.

Auf ewig im Gedächtnis bleibt mir ebenfalls die sich anschließende Fahrt über den stürmischen **Atlantischen Ozean.**

Brückenbesichtigung, Skatturnier, Popgymnastik sowie Foren und Filmgespräche mit bekannten mitreisenden DEFA-Schauspielern lenkten tagsüber von den zunehmend unangenehmer werdenden Witterungsbedingungen auf den Außendecks ab.

Die Abendessen krönten allerlei kulinarische Genüsse. Hervorzuheben der rustikale „Mecklenburgische Bauernmarkt" mit Spezialitäten der norddeutschen Küche und typischen Seemannsgerichten. Da gab es den Müritz-Aal vom Grill, Labskaus mit Spiegelei, Plumm un Trüffel, Mecklenburger Schlachtesuppe, Anklamer Heidelbeeren mit Rahm und vieles, vieles andere aus der unmittelbaren heimatlichen Umgebung. Unvergessen aber auch die kulinarische Weltreise mit ausgesuchten Spezialitäten fremder Länder. Riesengarnelen aus Vietnam, Weinbergschnecken aus Frankreich, Truthahnsteak aus den USA, Melonensuppe aus Mexiko bzw. Kaffee Luzern aus der Schweiz. Unvergessen vor allem deshalb, weil ich Garnelen und anderen Meeresfrüchten seither, gelinde gesagt, skeptisch gegenüberstehe. Woran das liegt? Wahrscheinlich an der Einstellung: „Wat de Buer nich kennt, dat frett he nich." Oder führten die folgenden Auswirkungen dazu?

Als wir uns am späten Abend nach der „kleinen" kulinarischen Weltreise in unsere Kabinen begaben, wunderten wir uns über die Tüten, die überall hinters Geländer auf dem Gang und auf der Treppe geklemmt waren. Wir maßen dem aber weiter keine ernsthafte Beachtung bei. Eher machten wir uns lustig über unser Schwanken von einer Gangseite zur anderen. Auch im Bauch wurde es mir ein bisschen mulmig. Waren es die Folgen des Pub-Besuchs? Oder der kulinarischen Weltreise mit Meeresfrüchten? Oder schaukelte unser Schiff?

In der Nacht wurde ich plötzlich wach. Alles drehte sich. Meine Kameraden schienen zu schlafen. Mein Magen begann zu rebellieren. Nur gut, dass ich ein unteres Bett hatte. Mühsam schlich ich mich – an allem, was greifbar war, krampfhaft festhaltend – zur Toilette, wo ich mich von allem Ungemach geräuschvoll mehrfach entledigte. Und dabei hatte ich ständig diesen für mich immer wiederkehrenden äußerst unangenehmen Geschmack von Meeresfrüchten im Mund. So elend hatte ich mich lange nicht mehr gefühlt. In dieser Nacht raubte ich noch ein paarmal meinen Kameraden den Schlaf. Sie ertrugen es weitgehend kommentarlos. Am Morgen erfuhren wir, dass es in der Nacht angeblich Windstärke 7 Bf, Seegang 6 und Dünung 7 m waren.

Nur Windstärke 7? Für mich war es ein Orkan.

Der Frühstücksraum am nächsten Morgen soll ziemlich leer gewesen sein, wie mir berichtet wurde. Anscheinend ging es anderen Passagieren wie mir. Noch ein paar weitere Tage hatte ich mit meiner ersten Seekrankheit und flauem Magen zu kämpfen. Die Tüten auf den Gängen hatten plötzlich eine beruhigende Wirkung auf mich.

Wie durch ein Wunder blieb ich bei allen weiteren Kreuzfahrten allerdings von diesem Unwohlsein auf See verschont. Selbst in der Antarktis bei Windstärke 12 blieb ich später aufrecht und standhaft. Ich hoffe, dieser Zustand hält für ewig an. Die Aversion gegenüber Meeresfrüchten habe ich, nebenbei bemerkt, bis heute nicht überwinden können.

Ohne erwähnenswerte Beeinträchtigungen durchfuhren wir auch die beiden weiteren Meere unserer Kreuzfahrt über fünf Meere, die frühlingshafte **Nord- und Ostsee**.

Zum besseren Erinnern und um alles noch rosiger erscheinen zu lassen, hatte ich die Flasche Havanna Club, die seit vielen Jahren in der hintersten Reihe meiner Hausbar ein fast vergessenes Dasein fristete, hervorgeholt und sie neben die Machete gestellt.

Beim Anschauen der Flasche sollte es nicht bleiben. Der Augenblick war gekommen, den Inhalt nach Jahren erneut zu probieren. Ich mixte mir einen Cuba Libre, schlürfte ihn genussvoll und schwelgte in Erinnerungen. Schon beim zweiten Gläschen sprudelten die Wörter und Sätze in nie erahnter Poesie ungebändigt nur so aus mir hervor.

Das Klingeln des Telefons unterbrach meine poetischen Ergüsse. Meine langjährigen Freunde wollten sich, wie fast täglich in den Corona-Zeiten, telefonisch nach meinem Wohlbefinden erkundigen:

„Hallo, wir wollten nur mal hören, wie es dir geht. Quälst du dich noch mit den Erinnerungen an die Kuba-Reise?" (Ich hatte sie über die Fortsetzung meines Schreibprojekts informiert.)

„Ich quäle mich doch nicht. Ich bin auf Wolke 7."

„Wie das? Bist du so gut vorangekommen? Oder hast du was genommen?"

„Natürlich, ich habe endlich die Rumflasche von damals geköpft. Jetzt schwelge ich in ‚rosegen' Erinnerungen. Ganz zu meinem Namen passend."

„Na, das Kapitel kann ja heiter werden."

„Gebe es euch aber nur zum Lesen, wenn ihr dabei auch den Rum genießt. (Ich wusste ja, dass mein Freund dann lieber auf das Lesen verzichten würde.) Für heute höre ich jetzt aber auf. Der Flascheninhalt muss noch morgen für weitere Seiten reichen."

In bester Laune verabschiedeten wir uns.

Dank der Schreibfortschritte und des Interesses meiner Freunde an meinem Wohlergehen (oder lag es am Rum?) ging ich mit einem glückseligen Gefühl zu Bett und schlief bald ein.

Doch was war das?

Plötzlich stand **Fidel** vor mir. Fidel Castro aus Kuba. Mit Zigarre im Mund, einer Flasche Rum in der einen Hand und mit der anderen Hand die Machete schwingend, winkte er mir am Strand von Varadero einladend zu. Ehrfurchtsvoll bedankte ich mich für die Einladung und den Aufenthalt auf Kuba mit den Worten nach dem damals bekannten Ost-Hit:

„Es war in Varadero.

Ich sagte: Kuba – Yote-quiero.

An seinem Lächeln da konnte ich seh'n:

Auf Kuba ist es schön."

Der kommende Morgen gestaltete sich etwas leiser. Das Schreiben verschob ich vorerst um ein paar Tage. Woran das wohl lag?

Von einfachen Schiffsreisen zu Luxuskreuzfahrten

Häfen und Länder rund um das östliche Mittelmeer lernten wir gemeinsam mit ca. 700 internationalen Passagieren auf einer Kreuzfahrt mit der MS AZUR kennen. Das internationale Publikum und die vorrangige Orientierung auf die italienischen Gäste und ihre Sprache schmälerten allerdings meine Reiseeindrücke vom Leben an Bord, nicht aber die Erinnerung an einmalige historische Bauwerke und Ereignisse bei den Ausflügen.

Wir besichtigten die Ruinen der einstmals blühenden Stadt Pompeji, die 79 n. Chr. bei einem der schlimmsten Ausbrüche des Vesuvs zerstört wurde.

Wir entspannten uns auf der griechischen Insel Santorini und bestaunten in Limassol auf Zypern die Zeugnisse einer glorreichen Vergangenheit.

Noch weiter zurück in die Antike führten uns in Ägypten die Attraktionen von Kairo und Gizeh. Im Ägyptischen Museum bestaunten wir die berühmte Totenmaske des Tutanchamun und in Gizeh die Cheops-Pyramide und die Große Sphinx. Ungewohnte Hitze, gleißendes Licht der Sonne und nirgendwo ein schattiges Plätzchen trübten meine Stimmung und hinterließen Spuren auf meiner Haut, trotz aller Vorbeugungsmaßnahmen, so dass ich die Dunkelheit der Innenkabine und die Klimaanlage auf dem Schiff als Wohltat empfand.

Von Alexandria aus führte uns die Reise mit der MS AZUR in den israelischen Hafen Ashdod. Von dort unternahmen wir einen ausgedehnten Tagesausflug in die Heilige Stadt Jerusalem und in das nur 7 km entfernte Bethlehem. In Jerusalem atmete ich einen Hauch der Religionen und ihrer Geschichte ein, über die ich zu meinem Bedauern in der Schulzeit nur wenig erfahren hatte. Andachtsvoll verkrochen wir uns an der

Klagemauer, dem heiligsten Ort des Judentums, in den Schatten und beobachteten von dort ehrfurchtsvoll das Verhalten der Gläubigen. Anschließend spazierten wir mit Hut und Sonnenschirm durch das christliche Viertel und die Via Dolorosa zur Grabeskirche.

Nach den Hitzeschlachten bei den Kreuzfahrten im östlichen Mittelmeer zog es mich in kühlere nördliche Gefilde. In einem der folgenden Jahre fuhren wir mit der MS A'ROSA BLUE in den hohen Norden zum Nordkap, nach Island und Großbritannien.

Gemeinsam mit fast 1600 Passagieren besuchten wir Bergen und durchquerten den Geiranger Fjord. Am Nordkap hatten wir von einem senkrecht abfallenden Plateau einen imposanten Blick auf das nördliche Eismeer. Wir sahen zwar die Mitternachtssonne, konnten aber die im Prospekt beschriebene einsame, wilde Schönheit und die Stimmung, die durch das Licht hervorgerufen wird, in der Ferne wahrnehmen, im Getümmel von Hunderten Menschen auf dem Plateau aber nicht wie erwartet genießen.

Auf Island faszinierten uns der Godafoss, der Wasserfall der Götter, ebenso wie das Gebiet der Geysire, wo der Strokkur im Abstand von wenigen Minuten eine imposante Wassersäule in die Luft steuert.

In Schottland blieb mir als Literaturliebhaber das eindrucksvolle Bilderbuchschlösschen Cawdor Castle, umgeben von einem Hauch mittelalterlicher schottischer Vergangenheit und dem Schauplatz von Shakespeares Drama „Macbeth", in besonderer Erinnerung.

Nach nunmehr einschlägigen Erfahrungen bei Kreuzfahrten mit zahlreichen Passagieren wagten wir uns an eine Kreuzfahrt mit einem Clubschiff für rund 1200 Passagiere. Mit der AIDAcara unternahmen wir eine zehntägige Kreuzfahrt auf der Ostsee. Ausschlaggebend für die Wahl dieser Reise waren unter anderem die kurzen An- und Abreisewege von unserem Wohnort nach Rostock-Warnemünde und von dort wieder zurück.

Mein persönliches Interesse galt insbesondere den Städten Tallin und St. Petersburg (vormals Leningrad), die ich von Studienaufenthalten aus Vorwendezeiten kannte und deren Veränderungen nach dem politischen Umbruch ich noch einmal persönlich auf mich wirken lassen wollte. Aber auch Helsinki, Stockholm und Danzig sollten unseren Horizont über das Leben in den anderen Ostseeanrainerstaaten erweitern.

Nicht immer angenehm war für uns die äußerst legere Clubatmosphäre auf diesem Schiff. Dazu zählten für mich insbesondere die einseitigen Showprogramme, das Duzen aller Personen an Bord, aber auch das mangelnde Interesse einiger Passagiere an den Ausführungen der Reiseleiter bei den Ausflügen.

Obwohl wir bei den erwähnten Kreuzfahrten manchmal nur Innenkabinen in einer unteren Kategorie gebucht hatten, weil unsere finanziellen Mittel damit ausgereizt waren, hinterließen alle diese Kreuzfahrten bei mir bleibende unvergessliche Erlebnisse. In der einen oder anderen Geschichte werden sie noch erwähnt werden. Trotz der nicht immer nur erfreulichen Umstände und Begebenheiten habe ich im Nachhinein keine dieser Kreuzfahrten je bereut. Sie trugen alle wesentlich zur Bereicherung meiner Kreuzfahrterfahrungen bei.

Dennoch regte sich in mir allmählich der Wunsch, einmal allein und unabhängig auf Kreuzfahrt zu gehen. Als inzwischen alternder Single spürte ich einfach Lust, andere Reisende näher kennenzulernen, neue Bekanntschaften zu schließen sowie Ausflüge und Tagesabläufe ohne Absprache und Rücksichtnahme auf andere Interessen zu planen. Außerdem wollte ich mich bei den bereits angedeuteten gesundheitlichen Einschränkungen als *Schattenspringer* selbstbestimmter in den Lichtschatten zurückziehen können, ohne immer erklären zu müssen, warum.

Zum anderen hatte mich zunehmend das in der gleichnamigen Fernsehreihe luxuriös dargestellte Leben auf dem legendären „Traumschiff" fasziniert: die nostalgische Innenausstattung des Schiffes im Stile der Zwanzigerjahre des vergangenen Jahrhunderts, die romantische Atmosphäre in den Bars, die

Eisbombe zum Abschluss der Reise und die elegante Garderobe der Reisenden bei Galas und Kapitänsempfängen. Ich wünschte mir nichts seliger, als die dargestellte Eleganz und das zur Schau gestellte Niveau einmal persönlich zu erleben.

Massentourismus und Clubatmosphäre und deren Auswirkungen hatten wir zur Genüge auf den Aida-Schiffen erlebt. In Erinnerung bleiben die *Mahlzeiten* in den überfüllten Buffet-Restaurants mit dem notwendigen rechtzeitiges Positionieren vor der Eingangstür, um einen Tisch für mehrere Personen zu ergattern, und mit dem lästigen Anstellen am Buffet, während einer den Platz am Tisch hüten muss. Unangenehm in Erinnerung bleiben ebenso der Anblick überfüllter Teller einiger Passagiere und das folgliche Warten auf das Nachfüllen beliebter Speisen. Nicht selten störte auch die aus der Sicht der Passagiere, die noch auf der Suche nach einem Tisch waren, verständlichen Fragen: „Wie lange brauchen Sie noch?" oder „Brauchen Sie noch lange?"

In Urlaubsstimmung versetzen mich auch keine *Ausflüge* mit weit mehr als zwanzig bis auf den letzten Platz gefüllten Busse und Menschenmassen an beliebten Ausflugszielen wie dem Nordkap, wo man die Stimmung der Mitsommernacht doch eigentlich lieber in Ruhe einfangen möchte.

Sehr viel Toleranz muss man auch beim zum Teil überforderten *Personal* aufbringen, wenn man als älterer Herr (Ü50) zum Beispiel an der Rezeption eine Bitte vorbringen möchte und von einem jungen Mann gefragt wird: „Und, was willst du?"

Ja, was wollte ich denn? Mir verschlug es fast die Sprache, wie herablassend ich betrachtet wurde. So fühlte ich es jedenfalls.

Nach einigen dieser manchmal unvermeidbaren – vielleicht auch nur von mir wahrgenommenen – Einschränkungen auf den zunehmend größer werdenden Passagierschiffen war für mich die Zeit gekommen, meine Vorstellungen und Wünsche, einmal fern von Massentourismus und Clubatmosphäre den Zauber einer luxuriösen Kreuzfahrt zu erleben, in die Tat umzusetzen.

Wie immer gut beraten durch Frau G. von meinem damaligen Reisebüro „Kiek in de Welt" wählte ich die Reise „Märchenhaftes Morgenland" – von Mumbai (dem ehemaligen Bombay) in die Vereinigten Arabischen Emirate mit der MS DEUTSCHLAND.

Um mich dem in den Traumschifffilmen gesehenen luxuriösen Stil auch durch die Garderobe anzupassen, kaufte ich mir für die Galaabende extra ein weißes Sakko, ein Frackhemd mit roter Fliege und einen modischen dunklen Anzug von Lagerfeld. Nur nicht auffallen ist leider viel zu oft meine Devise. Erfahrungen eines *Schattenspringers*?

Von solchen und ähnlichen Vorstellungen, Wünschen und Träumen begleitet, begab ich mich auf meine erste Luxuskreuzfahrt.

Charme und Frust alternder Kreuzfahrer

Aufgeregt, voller Erwartung und das erste Mal alleinreisend auf einer Luxuskreuzfahrt, fand ich erst nach einigem Herumirren auf dem für unerfahrene seltene Flughafengäste völlig unübersichtlichen Flughafen in Frankfurt das Abfluggate für den Flug nach Mumbai, dem Einschiffungsort der Kreuzfahrt. Zu meiner Erleichterung erwartete mich am Gate bereits, wie bei der MS DEUTSCHLAND üblich, eine nette Flugbegleiterin von der Reederei Deilmann, die uns bei den Flug- und Einreiseformalitäten behilflich sein sollte. Das war, wie sich bald herausstellte, auch nötig für einen nicht geringen Teil der Reisenden mit der MS DEUTSCHLAND.

Nachdem ich mich von dem Anreisestress einigermaßen erholt hatte, blickte ich mich am Gate ein wenig nach den anderen Reisenden mit der MS DEUTSCHLAND um, die man ja an den Kofferanhängern leicht erkannte. Da ich mich in der Nähe des Einlasses platziert hatte, fielen mir vor allem drei im Rollstuhl sitzende Personen auf: zwei einzelne Herren und eine betagte Dame mit ihrer Begleiterin sowie ein paar ältere Ehepaare. Ich musste mich wohl auf eine Seniorenreise einstellen, ging es mir durch den Kopf.

Wer wie ich als Lehrer und Dozent das gesamte Berufsleben von jungen Leuten umgeben war und sich zumeist als Partner von ihnen fühlte, dem sticht der Altersunterschied besonders ins Auge. Wahrscheinlich will man es nur nicht wahrhaben, dass man selbst auch älter geworden ist. Bisher waren es eben immer nur die anderen.

Andererseits kannte ich das Durchschnittsalter der Passagiere schon von den Reisen mit der „Albatros": viele Menschen jenseits der 60 und weit darüber hinaus. Für Kreuzfahrer gilt wohl „Mit 66 ist noch lange nicht Schluss", wie Udo Jürgens einst sang. Zwar bestimmt diese Devise bis zum heutigen Tag auch meine Reiseplanungen, aber dennoch fällt es einem nicht leicht einzusehen, dass der Sommer des Lebens sich allmählich in einen Herbst verwandelt. Aber auch vom Herbst erwarte ich noch schöne Tage an Bord eines Kreuzfahrtschiffes. Im Innern reicht es mir ja auch, nette Reisende, egal ob jung oder alt, kennenzulernen, mit denen man bei Ausflügen und Veranstaltungen an Bord ein paar schöne Stunden verbringen kann. Schließlich suche ich auf einer Kreuzfahrt keine Lebenspartnerschaft. Dass jedoch nicht alle so denken, bekam ich später noch oft genug zu spüren. Wie heißt es doch reisegemäß in einem alten Seemannslied:„Heut grüßt uns die Südsee und morgen ein Fjord. Doch die Liebe, die Liebe ist immer an Bord." Davon konnte ich mich angesichts einiger Schmonzetten mehrfach überzeugen, wie später noch zu lesen sein wird.

Neben der Erfüllung mancher sehnsuchtsvoller Träume gibt es auf jeder Kreuzfahrt leider auch immer Situationen, in denen einem das Schmunzeln über Mitreisende vergehen kann.

Bereits am Frankfurter Flughafen zog einer der älteren Herren im Rollstuhl meine Aufmerksamkeit besonders auf sich. Er musste ungefähr in meinem Alter sein. Mir fiel auf, dass der allein reisende Herr schon bei der Anreise einen sehr eleganten dunklen Anzug mit „Schlips und Kragen" trug. In diesem Aufzug wirkte er auf mich eher wie ein wohlhabender biederer Geschäftsreisender, nicht wie ein Tourist. Vielleicht braucht er das, um sein Image auch im Urlaub zu pflegen.

Mir stellte sich augenblicklich die Frage: Hast du in deinem Anorak und den Jeans hier schon die falsche Garderobe gewählt und dich unterpräsentiert? Schließlich möchte man auf der ersten Luxuskreuzfahrt ja nicht gleich zu Beginn schon aus der Reihe tanzen und sein Licht unter den Scheffel stellen. Es beruhigte mich allerdings, dass die anderen Mitreisenden ähnlich salopp wie ich gekleidet waren.

Sehr würdevoll ließ sich der nicht gerade untergewichtige Herr mit mehreren Handgepäckstücken in einem Rollstuhl von einer nicht viel jüngeren Flughafenangestellten mühevoll an uns vorbei als Erster ins Flugzeug schieben. Erst am Zielflughafen in Mumbai bemerkte ich ihn wieder, weil er durch unwirsches und borniertes Verhalten auffiel. In unserem Transferbus zum Schiff wurde er umständlich in die erste Reihe für Behinderte platziert. Beim Aussteigen behinderte er uns alle durch unnötig schwerfälliges Gehabe sowie unwirsches und borniertes Verhalten. Kopfschüttelnd, aber schweigend tolerierten die meisten Reisenden das ungehörige Verhalten.

Muss man jedoch Verständnis für Personen haben, wenn sie ihre Behinderung schamlos ausnutzen?

Durch die eigene Schwerbehindertenbrille betrachtet sei mir die Frage in dieser Situation erlaubt.

Mein Frust verstärkte sich, als ich kurze Zeit später ein noch ungehörigeres Verhalten an Bord erlebte, sodass meine folgenden Erinnerungen und Gedanken etwas zu sarkastisch oder zynisch klingen mögen.

Bereits in den ersten Tagen an Bord hatte ich mir einen Liegestuhl an einem schattigen Ort auf Deck 7 in der Nähe vom „Alten Fritz" mit einem vorzüglichen Blick auf das Meer gesucht und ihn glücklicherweise immer gleich nach dem Frühstück belegen können. Bald schon kannte man die Passagiere neben sich und platzierte seinen Liegestuhl so, dass man den Nachbarn nicht zu sehr auf die Pelle rückte und ihnen die Sicht nahm. Aber diese Rücksichtnahme kennen einige Passagiere nicht.

Eines Vormittags näherte sich uns eine elegante ältere frisch ondulierte im Rollstuhl sitzende Dame, die von ihrer „Zofe" mühevoll durch die Reihen der Liegen bugsiert wurde. Die Begleiterin schob den Rollstuhl an verschiedene Orte, erntete jedoch immer das energische Missfallen der herrischen Rollstuhlinhaberin.

Mit Bedacht hatte ich mein schattiges Plätzchen mit dem uneingeschränkten fantastischen Blick auf das Meer durch frühzeitiges Erscheinen ergattert.

Bestimmt wies die resolute „Herrin" ihre besorgte Begleitung schließlich auf einen Platz genau vor meiner Liege.

Was sollte das?

Skeptisch, den Protest wohl ahnend, versuchte die Dame, ihren Rollstuhl genau vor mir zu postieren. Kopfschüttelnd blickten meine Nachbarn von ihren Liegen zu mir.

„Meine Damen, Sie nehmen mir völlig die Sicht", versuchte ich höflich, aber bestimmt meinen Einwand zu äußern.

„Dann müssen Sie sich einen besseren Platz suchen", erhielt ich aus dem Rollstuhl unverhohlen zur Antwort.

„Das geht doch nun wohl zu weit."

„So etwas Unverschämtes."

„Was bildet die eingebildete Tussi sich ein?", mischten sich empört meine Nachbarn ein.

Aus dem Hintergrund vernahm ich sogar:

„Schiebt sie doch noch einen Meter weiter vor! Vom Wasser aus kann sie am besten sehen."

Um einer weiteren Auseinandersetzung zu entweichen, schob die „taffe Zofe" ihre „Herrin" in Richtung Lift. Hoffentlich nicht, um den egozentrischen Willen „Ihrer Durchlaucht" auf einem anderen Deck durchsetzen zu müssen.

Beim nochmaligen Lesen derartig stachlig wiedergegebener Begebenheiten an Bord frage ich mich bisweilen selbst:

„Was hat dich nur geritten, diese Situationen so negativ zu sehen und so sarkastisch zu beschreiben?"

Unwillkürlich fällt mir dann Mephisto ein, der sich für einen Teil der Kraft hielt, die „stets das Böse will und stets das Gute schafft". (Faust)

Dabei denke ich: Vielleicht steckt so ein Teufelchen manchmal auch in mir. Selbst vom deutschen Schlager fühlte ich mich schon angesprochen:

„Ein kleiner Teufel steckt in dir, der darf da nicht mehr bleiben." (Interpretiert von Nina Lizell.)

Ich werde versuchen, diese Schwäche bei der Wiedergabe ähnlicher frustrierenden Begegnungen zu bedenken.

Zum Glück sind derartige verteufelte Situationen recht selten und nicht unbedingt prägend für Kreuzfahrten im gehobenen Segment und bei Reisenden im fortgeschrittenen Alter.

Ein Beispiel sei an dieser Stelle allerdings noch erwähnt. Der „kleine Teufel" hatte ähnliche Besonderheiten und Kuriositäten im Umgang mit betagten Kreuzfahrern schon Jahre zuvor auf seiner ersten Hochseekreuzfahrt mit der MS SCHELJAPIN auf dem Schwarzen Meer erlebt.

Im Bordrestaurant war es üblich, dass am Vorabend der Servierer immer die Speiseauswahl für den nächsten Tag entgegennahm. Die ältere Dame neben mir ließ sich meist viel Zeit bei der Auswahl ihrer Gerichte, sehr zum Leidwesen des Kellners und der anderen Gäste am Tisch. Bisweilen wollte sie auch wissen, was ich bestellte, um ihren Kommentar hinzuzufügen und anschließend selbstverständlich etwas ganz anderes zu wählen.

Wenn mir dann am folgenden Tag mein bestelltes Gericht serviert wurde, sagte die Dame sofort und unmissverständlich: „Das habe ich bestellt." Obwohl sie im Irrtum war und der Kellner ihr seine Aufzeichnungen zeigte, ließ sie sich selten überzeugen. Das eine oder andere Mal überließ ich ihr sogar freiwillig mein Essen, um weiteren Frust zu verhindern.

Im Gespräch am letzten Abend äußerte die Dame dann ihre Enttäuschung darüber, dass sie immer das serviert bekommen hätte, was die anderen nicht wollten. Ihr Blick richtete sich dabei vorwurfsvoll auf mich. Ich verkniff mir diesmal eine Antwort.

Fragt sich nur, wer hier die Erinnerungslücken hatte. Aus Pietätsgründen ließen wir die Frage an diesem Abend ungeklärt.

Dass man hingegen auch im Alter von 90 Jahren noch allein an einer Kreuzfahrt teilnehmen kann, ohne spürbare Erinnerungslücken zu zeigen und ohne andere Mitreisende starrsinnig zu behindern oder auf ihre Hilfe angewiesen zu sein bzw. gar darauf zu pochen, erlebte ich bei einem der ersten Ausflüge auf der Kreuzfahrt „Märchenhaftes Morgenland".

Ein sportlich gekleideter zuvorkommender älterer Herr setzte sich im Bus auf die mir gegenüberliegende Seite. Die Rundfahrt entlang der Ostküste Fujairahs und durch das Hajjar-Gebirge mit seinen Wadis und Gebirgsoasen zeigte eine faszinierende Variante von Wüstenlandschaften. Es ging entlang der Seepromenade mit modernen Hotelanlagen und dem restaurierten Fort zur malerischen Bidiya-Moschee, die von den Ruinen zweier portugiesischer Wachtürme flankiert wird. Der Bus erklomm mit uns mühsam die Passhöhe hinter Masafi und gab den Blick frei auf den Indischen Ozean und das ausgedehnte Oasenterrain von Dibba. Grüne Oasen vor karger Gebirgskulisse und moderne Dörfer hinterließen einen bleibenden Eindruck.

Während der Stopps und der Erklärungen des einheimischen Reiseleiters – zu meinem Leidwesen oft im grellen Sonnenlicht stehend – suchte ich gewohnheitsmäßig ein schattiges Plätzchen, von dem aus ich die Gruppe im Auge behalten konnte. Gleich beim zweiten Halt gesellte sich der vitale Busnachbar von gegenüber zu mir. Ich erfuhr, dass er vor kurzem 90 Jahre alt geworden war und der Aufenthalt in der prallen Sonne ihm nicht mehr guttue. Also suchten wir bei den nächsten Stopps gemeinsam nach einem schattigen Ort.

Das Schattenspringerverhalten setzten wir auch im Bus fort. Schien auf seiner Seite die Sonne, setzte er sich auf den freien Platz neben mir und ich floh zu ihm, wenn es auf meiner Seite zu sonnig wurde. Schattensucher hatten sich gefunden.

Am Abend trafen wir uns im Kaisersaal bei der Vorstellung der Künstler dieser Reise. Bei einem Glas Sekt – Entschuldigung, auf einem Luxuskreuzfahrtschiff trinkt man natürlich Champagner – unterhielten wir uns sehr angeregt über die ersten Eindrücke von dieser Reise und über unsere bisherigen Kreuzfahrterlebnisse.

So erfuhr ich, dass mein Gesprächspartner seit Jahren häufiger Gast auf der DEUTSCHLAND ist, aus der Nähe von Wolfsburg kommt und viele Jahre als Ingenieur bei einem dort ansässigen Automobilkonzern gearbeitet hatte. Seit dem Tod seiner Frau vor einigen Jahren nutzte er die Kreuzfahrten, um dem tristen grauen Winteralltag in Deutschland zu entfliehen.

Als die Bordkapelle zu spielen ansetzte, stürmte sofort ein Herr im Smoking aus der ersten Reihe mit einer attraktiven jüngeren Partnerin auf die Tanzfläche. Ich traute meinen Augen kaum.

War das nicht der hilfsbedürftige brummige Herr im Rollstuhl, der mir schon bei der Anreise in Frankfurt aufgefallen war? Der zielgerichtet durch den Flughafen gefahren wurde, während ich mein Gepäck mühevoll über die endlosen Rollbahnen zum Abfluggate schleppen musste.

Natürlich war er es! So sportlich hätte ich ihn fast nicht erkannt. Diese leidenschaftliche tänzerische Eleganz hatte ich dem hinfälligen hilfsbedürftigen Rollstuhlfahrer vom Frankfurter Flughafen wirklich nicht zugetraut.

Als meinem Tischnachbarn meine Beobachtungen des Tanzpaares auffielen, fragte er mich:

„Kennen Sie das Paar?"

Darauf erzählte ich ihm meine Eindrücke vom Auftreten des Herrn bei der Anreise mit dem Flugzeug. Mein Nachbar gab mir mit einem Lächeln um die Mundwinkel zu verstehen, dass er die attraktive Tanzpartnerin von vorherigen Kreuzfahrten kenne. Sie reise immer mit ihrem älteren dementen Mann, der nur noch im Rollstuhl fortbewegt werden könne. Der jetzige schwungvolle Tanzpartner war wohl kaum der demente Ehemann. Ich dachte mir meinen Teil.

Meine hintergründigen Gedanken bewahrheiteten sich schon bald.

An einem der folgenden Tage entdeckte ich am Pool in einer schattigen Ecke den eingenickten wirklichen Ehemann der scharfen Tänzerin allein in seinem Rollstuhl. Seine liebe Ehefrau vergnügte sich indes in einiger Entfernung im Pool und anschließend an der Poolbar bei einem Cocktail mit ihrem Tanzpartner. Ich gönnte ihnen ihr Glück, nur nicht die gespielten Heucheleien. Vielleicht brauchte der forsche Tänzer beim Rückflug dann auch keine Rollstuhlhilfe mehr. ... Oder gerade doch, weil er sich im Hormonrausch übernommen hatte, dachte wieder der kleine Teufel in mir.

Diese märchenhafte Kreuzfahrt durchs Morgenland führte uns auch in eines der reichsten Länder der Welt – nach Qatar. Seit Ende des 18. Jahrhunderts herrscht der Klan der al-Thani in Doha, der Hauptstadt Qatars, über das erdölexportierende

Land. Im Hafen von Doha erwartete uns diesmal ein moderner kleiner Reisebus.

Mein nunmehr bekannter Reisebegleiter und ich hatten diesmal nur hintereinander im hinteren Teil des Kleinbusses einen Platz gefunden, jeweils in der Hoffnung, dass der Platz neben uns frei bleibt.

Aber da hatten wir uns geirrt. In letzter Minute bestieg noch ein junger Mann mit seinem betagten Vater den nunmehr voll besetzten Bus. Als höflicher Mensch wollte ich mich gerade zu meinem Bekannten vor mir setzen. Doch der freundliche junge Mann winkte ab, platzierte seinen Vater neben mich und setzte sich auf den freien Platz in der Reihe vor mir neben meinen Bekannten.

Später wurde mir klar, dass der Sohn froh war, seinen Vater mal nicht in unmittelbarer Nähe zu haben.

Nach einem kleinen Nickerchen klapperte mein Banknachbar plötzlich hörbar mit seinem Gebiss. Noch lächelnd bemühte ich mich, es zu überhören. Als das Geräusch nachließ, blickte ich verstohlen zu meinem Nachbarn. Er hatte einen Zahnstocher in der Hand und puhlte damit auffällig zwischen seinen Zähnen herum. Um den Blick abzuwenden, sah ich etwas frustriert und krampfhaft aus dem Fenster. So bemerkte ich gar nicht, dass der wohl leicht demente Herr das Gebiss inzwischen aus dem Mund genommen hatte und es zu reinigen versuchte. Ich ersparte mir jeden weiteren Blick nach rechts zu meinem Nachbarn. Nach einem kleinen Ruck des Busses stieß mich der Mann an, zeigte auf sein Gebiss, das in der Nähe meiner Füße lag, und bat mich schmunzelnd, es aufzuheben und ihm zu geben. Das übersprang nun doch meine Toleranzgrenze.

Sichtlich genervt bat ich nach kurzer Erklärung den schräg vor mir sitzenden Sohn den unappetitlichen Vorgang zu übernehmen. Dem war das Verhalten seines Vaters sehr peinlich. Nachdem der Sohn sich bei mir entschuldigt hatte und das Objekt des Anstoßes in eine Tasche stecken wollte, motzte der Vater uneinsichtig weiter.

„Gib mir sofort das Gebiss", zischte er fordernd.

„Das ist schmutzig. Wir müssen es erst reinigen", erwiderte beruhigend der Sohn.

„Ich kann das doch jetzt gleich machen", konterte sein Vater wütend.

Mit der befürchteten Ahnung, dass der Vater sich noch durchsetzen könnte, bat ich den Sohn dann doch darum, den Platz mit ihm zu tauschen, was er bereitwillig annahm.

Wie man spürt, ist es auch für die engsten Vertrauten nicht immer leicht, mit uneinsichtigen Pflegebedürftigen umzugehen und nicht selten erzeugen widerspenstige betagte Kreuzfahrer Frust bei anderen Reisenden.

War es bei dem alten Herrn nun Altersstarrsinn oder beginnende Demenz? Diese Frage kannte ich. Ich hatte sie mir in letzter Zeit oft bei der Pflege meiner Mutter häufig gestellt. Trotz Frust empfand ich deshalb eher ein gewisses Mitleid mit dem Sohn.

Die weitere Rundfahrt durchs Morgenland führte uns zu der alten Hafenstadt Al Khor mit schönen Stränden, einem bekannten historischem Turm und mehreren interessanten Moscheen.

Wir legten einen Fotostopp an den Mangroven von Al Zakhirah ein und bestaunten Artefakte früherer Epochen sowie Ausgrabungsstücke der einstigen Hauptstadt Zubara.

Bei der abendlichen Auswertung unserer Ausflugserlebnisse im „Alten Fritz" konnte ich schon wieder über die kuriosen Begleiterscheinungen der beeindruckenden Rundfahrt durch Qatar schmunzeln. In der Rückschau wird Negatives sowieso häufig ausgeblendet und als halb so schlimm angesehen.

Um beim Aufenthalt im nächsten Hafen angesichts der zu erwartenden Hitze weitere größere Anstrengungen zu vermeiden, verabredete ich mit meiner Reisebekanntschaft, das heiße glitzernde Dubai, die florierende Feriendestination und das bedeutendste Handelszentrum der Vereinigten Arabischen Emirate, ohne Zeitdruck mit Shuttle und Taxi auf eigene Faust, unserem gesundheitlichen Befinden angepasst, zu erkunden. Wir konzentrierten uns auf das 1999 fertig gestellte Luxushotel der Superlative Burj Al Arab, das auf einer eigens geschaffenen künstlichen Insel thront und wie ein geblähtes Segel einer arabischen Dhau aussieht. So erschloss sich der mondäne Charme Dubais für uns in angenehmster Weise.

Dass der bleibende Eindruck von einer Kreuzfahrt neben dem Reiz fremder Länder und Kulturen sowie dem Ambiente des Kreuzfahrtschiffes weitaus mehr durch den Charme der Reisebekanntschaften als durch unbequeme Reisebegleiter – egal welchen Alters – geprägt werden kann, spürte ich auf vielen Kreuzfahrten.

Nachhaltig in Erinnerung blieb mir in dieser Hinsicht insbesondere die Südseereise „Wo die Sehnsucht das Ziel bestimmt". Mit der MS EUROPA führte die Kreuzfahrt von Nouméa nach Manila.

Als Alleinreisender, wie immer unterhaltsame Tischnachbarn erwartend, hatte ich mir im Voraus für das Abendessen einen festen Platz an einem Achtertisch reservieren lassen. Beim ersten gemeinsamen Dinner im Restaurant „Europa" machten wir uns bekannt. An unserem Tisch hatten vier seit vielen Jahren gemeinsam Reisende aufgeschlossene Langzeitkreuzfahrer mit einer Enkelin, zwei ebenfalls allein reisende Damen und ich Platz genommen. Es war eine angenehme Atmosphäre. Der auf der „Europa" legendäre Oberkellner Fritz trug nicht unwesentlich dazu bei.

Nachdem an den nächsten zwei Abenden die beiden Damen zu meiner linken Seite fehlten, sprach mich eine von ihnen am darauffolgenden Tag am Pool an. Sie und ihre Bekannte hätten sich entschieden, mit zwei anderen sympathischen Damen, die sie an Bord kennengelernt hatten, künftig gemeinsam das Abendessen einzunehmen. Sie würden sich allerdings freuen, wenn ich mich zu ihnen geselle. Nach kurzem Überlegen willigte ich ein. Diese Entscheidung habe ich nie bereut, auch wenn ich mich anfangs in Begleitung von vier reizenden Damen unsicher und wie der Hahn im Korbe fühlte. Wahrscheinlich wurde ich wohl auch von manch anderem an Bord schmunzelnd so betrachtet.

Das störte mich allerdings wenig.

Aber nicht jeder in unmittelbarer Nähe unseres Tisches empfand unsere heitere Tischrunde im Restaurant „Europa" wohlwollend. Am Nachbartisch, einem Zweiertisch, saß ein Ehepaar im mittleren Alter, das sich den ganzen Abend anschwieg. Sie hatten sich wohl nichts mehr zu sagen. Sie konnten sich alles leisten und hatten selbst an nichts mehr Freude und Spaß. Argwöhnisch beäugten sie daher unsere Unterhaltung.

Am Rosenmontag wurden wir in Begleitung vom Host und seinem auf dieser Reise an Bord weilenden Sohn in aufgekratzter Rosenmontagsstimmung zu unserem Tisch geführt. Missbilligende Blicke vom Nachbartisch begleiteten uns. Das störte uns aber nicht. Als der Getränkekellner uns den obligatorischen Sorbet brachte und fragte, ob er den Sorbet mit Champagner oder Wodka auffüllen dürfe, säuselte Anna spontan: „Beides." An diesem Abend folgten wir alle ihrer Entscheidung mit begeisterter Zustimmung. Dass die weitere Unterhaltung an unserem Tisch nicht ganz so distanziert verlief, dürfte verständlich sein, obwohl wir alle keine typischen Rosenmontagsfans waren.

An den beiden folgenden Abenden blieb unser Nachbartisch im Europa-Restaurant unbesetzt. Wir registrierten es und dachten uns unseren Teil. Unsere Vermutungen sollten sich bewahrheiten.

Beim Verlassen des Restaurants fragte ich unsere immer freundliche und zuvorkommende Getränke-Servitiererin: „Haben die Herrschaften vom Nachbartisch einen anderen Tisch gewählt?" Mit einem schelmischen Augenblinzeln beantwortete sie meine Frage.

Meine Südseeträume wurden auf dieser Reise voll erfüllt. Ungezwungene gesellige Abendessen in fröhlicher Runde im Restaurant bzw. in der Europa Longe an Spezialitätenabenden sowie die Absacker in der „Sansibar" mit romantischem Blick auf die Südsee bildeten den krönenden Abschluss unvergesslicher Tage.

Bei den Landausflügen gewannen wir Einblicke in alte Traditionen, Rituale und Lebensgewohnheiten der Südseebewohner. In Papua-Neuguinea begegneten wir den „Mudmen", den mit Schlamm beschmierten Männern, die durch ihr Aussehen früher die Feinde in die Flucht trieben. Eine paradiesische Idylle erschloss sich uns in den „Schwimmenden Gärten von Palau" – dem UNESCO-Kulturerbe von 2012. Ebenso bewunderten wir das Farbenspiel der Natur: an den Küsten sattes Grün der Mangrovensümpfe, dunkle Regenwälder an den Berghängen und weiße endlose Sandstrände.

In einer Abendveranstaltung am weißen Strand des Palau Pacific Resorts begrüßte uns der deutsche Botschafter von Palau, dem winzigen Inselstaat in der mikronesischen Inselwelt, und präsentierte uns bei im Meer versinkender Sonne und der MS EUROPA im Hintergrund traditionelle kulturelle Darbietungen der Inselbewohner.

Sehr gern hätte ich an den angepriesenen Kajaktouren oder den Fahrten mit den traditionellen philippinischen Bancabooten (Einbaumkanus) teilgenommen. Aber die Sonneneinstrahlung auf solchen Touren wäre zu intensiv für mich gewesen. So blieben mir, wie schon so oft, aus gesundheitlichen Gründen die Schnorchel- und Tauchplätze mit der schönen Unterwasserwelt und beeindruckenden Korallenriffs leider verborgen.

Dafür konnte ich den anschließenden Aufenthalt auf Boracay uneingeschränkt genießen. Am Strand entlang gibt es einen zwei Meter breiten Fußweg unter Palmen. Für Schattenspringer ideal. Während sich meine Begleiterinnen sonnten und im türkisfarbenen Meer badeten, ließ ich meine Seele baumeln, im Schatten der Palmen am Rande des Weges mit Blick auf das Treiben am Strand.

Den krönenden maritimen Abschluss dieser Kreuzfahrt hatte die Besatzung der MS EUROPA für uns auf Malcapuya Island vorbereitet. Für viele ist Malcapuya das schönste Eiland der Philippinen.

Bei einem vorzüglichen Barbecue und kühlen Getränken nahmen wir bei im Meer versinkender Sonne gemeinsam Abschied von der Reise, die ihrem Titel „Wo die Sehnsucht das Ziel bestimmt" gerecht wurde.

Das Ziel der Reise war fast erreicht. Aller Frust war verflogen. Schmunzelnd schaute ich in die Runde.

Sehnsuchtserfüllt und fröhlich vereint sah ich jüngere und ältere Reisende, Singles und Paare.

Ich sah einen Sohn mit seinem angesäuselten Vater, der sich angestrengt bemühte, mit seinem Kauwerkzeug ein Steak zu zerkleinern. Ich sah den „scheintoten" vornehmen Tänzer mit einer neuen jungen Partnerin bei einem Glas Champagner ungehemmt turtelnd. Natürlich entging mir auch nicht die sonst auf niemanden Rücksicht nehmende „Lady" diesmal ohne ihre besorgte „Nanny" am Tische des Kreuzfahrtdirektors in aussichtsreichster Position.

Zum Glück weiß vor einer Reise niemand, mit welchen Licht- oder Schattenseiten er konfrontiert wird. Überwiegen Frust oder Charme? Denn jede „Reise gleicht einem Spiel; es ist immer Gewinn und Verlust dabei und meist von der unerwarteten Seite" (Johann Wolfgang von Goethe).

Alter Falter
sucht wohlhabende Blüte

Nach der obligatorischen Rettungsübung und einem Schiffsrundgang begab ich mich am zweiten Abend meiner ersten Reise mit der „MS Deutschland" zum Abendessen an den mir zugewiesenen Platz an einem Tisch für sechs Personen. Ich hatte absichtlich einen Mehr-Personen-Tisch gewählt, weil ich mich auf die Gespräche mit den anderen Kreuzfahrern freue. Zwei Freundinnen aus der Nähe von Hamburg und eine Dame aus München hatten bereits Platz genommen. Nachdem wir uns kurz bekannt gemacht hatten, näherte sich unserem Tisch ein sehr vornehm wirkender älterer weißhaariger Herr in einem weißen Sakko mit roter Fliege und einem prächtigen goldenen Siegelring.

Zum Glück hatte ich an diesem Abend eine andere Bekleidung gewählt. Für mein weißes Sakko und die rote Fliege fand ich übrigens auf dieser Reise keine Verwendung mehr. Ich wollte weder ein Konkurrenzgehabe noch einen Partnerlook provozieren.

Der Herr im weißen Sakko ging sehr würdevoll um den Tisch herum und stellte sich jedem persönlich vor mit den Worten „Mein Name ist Dr. Lafler. Ich bin Bio-Chemiker im Ruhestand und komme aus Bad Bentheim."

Wie ich den weiteren Gesprächen entnahm, legte er großen Wert auf die Anrede mit dem Titel, was wir dann auch an den folgenden Tagen mit besonderer Betonung berücksichtigten. Es war bald zu spüren, dass die Damen und ich ähnlich dachten. Unsere Bio-Chemie schien nicht ganz übereinzustimmen.

Der Kapitänsempfang am nächsten Abend fand sehr stilvoll im Kaisersaal statt. Personen, die den Kapitän persönlich mit einem Händeschütteln begrüßen wollten und Wert auf ein

Foto mit ihm legten, reihten sich auf der linken Seite des Saales ein. Sie wurden vom Kreuzfahrtdirektor begrüßt und dem Kapitän vorgestellt. Ich wollte mich gerade in die Reihe der Wartenden einordnen, als ich auf der anderen Seite beobachtete, wie mein vornehmer Tischnachbar, den ich am Abend zuvor bei dem ersten gemeinsamen Abendessen kennengelernt hatte, durch den Eingang auf der rechten Seite zielgerichtet auf einen Zweiertisch in unmittelbarer Nähe der Begrüßungszeremonie mit dem Kapitän zusteuerte und sich in Blickrichtung Kapitän positionierte.

Nach der Begrüßung und dem Foto mit dem Kapitän begab ich mich – erfreut ein bekanntes Gesicht getroffen zu haben – ahnungslos zum Tisch meines Tischnachbarn mit dem weißen Sakko und der roten Fliege. Als er mich erblickte, bot er mir mit einem mokanten Lächeln den freien Platz an seinem Tisch an und deutete mir mit dem Finger vor dem Mund an, ich möge noch einen Moment schweigen. Währenddessen schaute er interessiert auf den Kapitän, der mit einer allein reisenden Dame um die fünfzig in einem langen eleganten Abendkleid gerade fotografiert wurde. Mir fiel nur auf, dass die Dame an jeder Hand mehrere Ringe trug und sich eine ganze Kollektion von Ketten um Hals und Arm gelegt hatte. Nach der kurzen Beobachtungspause und einem Schluck vom Begrüßungschampagner wandte sich mein Tischnachbar Herr Dr. Lafler wieder mir zu. Mit einem gefälligen Schmunzeln teilte er mir distinguiert mit:

„Sie sollten wissen, beim Kapitänsempfang setze ich mich immer ganz in die Nähe der Begrüßungszeremonie. So kann ich schon zu Beginn der Reise unauffällig in Erfahrung bringen, welche Dame allein reist und meinen Vorstellungen von einem kleinen Tête-à-Tête usw. nahekommt. Mich interessieren aber nur Damen, die etwa zehn bis fünfzehn Jahre jünger sind. Außerdem sollten sie mindestens zwei Häuser besitzen."

„Warum gerade zwei Häuser?", fragte ich ahnungslos.

Eine Antwort auf meine Nachfrage blieb er mir schuldig. Ich musste noch lange darüber nachdenken. Bis heute habe ich keine schlüssige Erklärung gefunden. Oder haben Sie eine?

Bei jedem Kapitänsempfang auf einer neuen Reise schweift mein Blick auf die Zweiertische in Kapitänsnähe und ich denke: „Du könntest dich ja auch mal allein an so einen Tisch setzen und ...

Vielleicht wird deine Reise dann noch erlebnisreicher?"

Dr. Lafler hatte jedenfalls an unserem Tisch kein Glück bei der Suche. Keine der Damen besaß zwei Häuser. Altersmäßig entsprachen sie auch nicht seinen Vorstellungen und er wohl nicht den ihren. Diese Damen waren eben keine wohlhabenden Blüten für den alternden Dr. Lafler.

So sahen wir uns an unserem Tisch nur zu den reservierten Abendessen. Danach verabredeten sich die drei Damen immer öfter mit mir zu einem gemeinsamen Konzertbesuch oder zu einem Absacker im „Alten Fritz". Ich freute mich darüber, dass sie mir immer einen Platz freihielten.

Dr. Lafler hatte in den ersten Tagen kein Interesse an derartigen gemeinsamen Unternehmungen. Er war zu beschäftigt mit seinen Eroberungszügen.

Später legten wir keinen Wert mehr auf seine Anwesenheit. Umso mehr Gesprächsstoff hatten wir.

Nur langsam erkennt der *Schattenspringer* die Tricks der Kreuzfahrer, die schon lange auf der Sonnenseite reisen. Und nicht immer durchschaut er sie.

Superschriftstellerin mutiert zum Passagierschreck

Ein für mich nicht unbedingt erfreulicher runder Geburtstag näherte sich. Ein Zeitpunkt, an dem man gewöhnlich beginnt, sich ernsthaft Gedanken zu machen, was man den zunehmend auftretenden Zipperlein und den wahrgenommenen oder eingebildeten Alterungserscheinungen noch entgegensetzen kann. So ging es auch mir. Ich spürte schon seit Längerem den inneren Drang, mich wieder mehr zu bewegen.

Die wöchentlichen Reitstunden auf einem Reiterhof ganz in der Nähe meines Wohnortes hatte ich vor einiger Zeit zu meinem Leidwesen aus gesundheitlichen Gründen aufgeben müssen. Bandscheibenprobleme. Um weiter in Bewegung zu bleiben, begann ich mit dem Joggen. Keine hundert Meter von meiner Wohnung entfernt führt ein Weg am Oberbach entlang zum Tollensesee. Anfangs schaffte ich es gerade so, ohne Pause von einer Bank zur anderen zu laufen. Nach einiger Zeit erklomm ich dann sogar ohne Pause die Treppen zum Belvedere. So heißt ein auf einer kleinen Anhöhe liegender herrlicher klassizistischer Aussichtstempel mit Blick auf den Tollensesee. Fast jeden zweiten Tag joggte ich die sechs Kilometer und freute mich über meine zunehmende Kondition.

Um diese allmählich so schwer erworbene Kondition im Urlaub nicht zu verlieren, nahm ich mir vor, das Joggen während der Kreuzfahrt nicht völlig zu vernachlässigen.

Bei der Vorbereitung auf die nächste Reise, meine erste Kreuzfahrt mit der MS DEUTSCHLAND, nahm ich erfreut zur Kenntnis, dass es auf dem Schiff auch einen Joggingkurs gab.

Beim Schiffsrundgang gleich am ersten Abend glaubte ich meine Fitnessrunde gefunden zu haben. Unbekümmert und energiegeladen begab ich mich am nächsten Morgen noch vor dem Frühstück auf das zum Joggen einladende Deck und begann bei frischer Morgenluft und herrlichem Blick aufs Meer meine Runden zu drehen. Nach der dritten oder vierten Runde näherte sich mir ein Deckoffizier und gab mir freundlich zu verstehen, dass auf diesem Deck das Joggen nicht erwünscht sei, weil es die Passagiere der Kabinen im darunterliegenden Deck störe. Die Kabinen gehörten zur höheren Kategorie! Natürlich befolgte ich den Hinweis des Offiziers und begab mich auf das mir empfohlene Deck. Die Joggingrunde war ein Deck höher. Sie führte allerdings an den Liegestühlen der Passagiere vorbei. Was es für Sonnenanbeter und Jogger bedeutet, zwanzig und mehr mal gestört zu werden bzw. am selben Liegestuhl vorbeizulaufen, kann wahrscheinlich jeder nachempfinden.

Zwangsläufig musste ich mich also noch einmal neu orientieren. Dem Decksplan entnahm ich, dass sich auf Deck 6 im hinteren Teil des Schiffes ein Fitnessstudio mit Laufband befindet.

Bisher hatte ich noch nie ein Fitnessstudio aufgesucht. Etwas skeptisch betrat ich den lichtdurchfluteten und angenehm klimatisierten Raum, in dem – abgesehen von zwei Musikern der Bordkapelle – nur wenige Passagiere ihren sportlichen Aktivitäten an den unterschiedlichen Fitnessgeräten nachgingen. Neben diversen Fitnessgeräten gab es zwei Laufbänder. Mein erster Eindruck war äußerst positiv. Als der Fitnesstrainer mein Interesse an den Laufbändern wahrnahm, kam er zu mir und erklärte mir, wie ich die Geschwindigkeit, die Steigung, die Laufzeit usw. einstellen kann. Ganz nebenbei machte er mich darauf aufmerksam, dass man das Fitnessstudio nur in Turnschuhen und oberkörperbedeckender (!) Bekleidung betreten dürfe. Erwartet wird selbstverständlich auch, dass man sein Sportgerät nach der Benutzung mit dem nicht zu übersehenden bereitgestellten Spray desinfiziert. Leider kann man immer wieder beobachten, dass einige Passagiere ein Gerät nach dem anderen testen, ohne anschließend auch nur einen Gedanken ans Reinigen zu verlieren. Ein besonders makabres Verhalten kritisierte ich auf einer späteren Kreuzfahrt bei einem Schiffsoffizier, allerdings ohne Folgen für den Delinquenten. Vielleicht sollte man solchen Schmutzfinken beim Frühstück einmal das Essen auf bereits benutztem Geschirr servieren. Die Reaktion kann ich mir vorstellen.

Im Freien, direkt vor dem Fitnessstudio, standen einige Liegestühle, auf denen man sich von der körperlichen Anstrengung an den Fitnessgeräten hervorragend entspannen und ausruhen konnte. Man schaute auf das Meer, genoss das bereitstehende Erfrischungsgetränk und relaxte, ohne die sportlichen Aktivitäten hinter der Glasscheibe wahrzunehmen oder sich durch sie stören zu lassen. Leider hatten diese Oase der Ruhe und Entspannung auch Passagiere für sich entdeckt, die sich nicht aktiv im Fitnessstudio betätigten, wie ich bald nachhaltig zu spüren bekam.

An einem Seetag noch vor dem Frühstück startete ich meinen ersten Versuch, die zunächst ins Auge gefassten fünf Kilometer auf dem Laufband zu absolvieren.

Das Fitnessstudio war fast leer. Gleich neben mir radelte ganz gemütlich eine Dame mittleren Alters. Ich stellte mein Laufband ein, lief völlig entspannt die ersten Meter und genoss durch die Panoramascheiben direkt vor mir den traumhaften Blick auf das ruhig dahingleitende Schiff, auf die am Heck sichtbare Fahrrinne unseres Schiffes mit ihren Schaumkronen und die gelegentlich vorbeifahrenden Schiffe. In meinen Gedanken entfernte sich der hinter mir liegende Alltag auf angenehmste Weise. Fast ein bisschen zu euphorisch träumte ich von den bevorstehenden Sehnsuchtszielen, auf die der Kapitän in meinem Hintergrund das Schiff zusteuerte.

Noch tief in Gedanken versunken trocknete ich mir mit dem Handtuch den Schweiß von der Stirn, als sich vor mir von links, vom dahinterliegenden FKK-Bereich her, eine gut gebaute blonde, nicht mehr ganz so junge Dame im Bikini näherte und zielgerichtet auf die Liegestühle unmittelbar vor dem Panoramafenster des Fitnessstudios zusteuerte. War es Zufall oder Absicht? Die Dame wählte den Liegestuhl direkt vor meinem Laufband. Knapp einen Meter vor mir. Getrennt nur durch die Glasscheibe. Ich nahm an, dass sie auf dem sonnigen Deck gar nicht mitbekam, dass im Schatten hinter der Glasscheibe sich Kreuzfahrer sportlich im Fitnessstudio betätigten.

Absicht konnte es doch wohl nicht sein. Völlig unbekümmert breitete die Dame ihr Badetuch auf der Liege aus, nahm lässig das Oberteil ihres ohnehin schon knappen Bikinis ab, cremte sich genüsslich mit einem Sonnenschutzmittel ein, legte sich ohne Scham mit dem Rücken auf die Liege und räkelte sich in der Sonne. Ich konnte nicht umhin, auf den attraktiven Oberkörper zu starren. Ob sie sich wohl auch noch des Höschens entledigt, ging es mir lüstern durch den Kopf.

Mit dem Tempo des Laufbandes konnte ich kaum noch schritthalten. Obwohl meine Schritte leichter und ich immer langsamer wurde, schwitzte ich merkwürdigerweise immer stärker. Auf meiner Sportbekleidung bildeten sich schon überall auffallende Schweißflecke.

Wer war die schöne Unbekannte, die mich so wuschig und verlegen machte?

Unaufdringlich schmunzelnd wurde ich von meiner Nachbarin auf dem Fahrrad unmittelbar neben mir beobachtet, was mir recht peinlich war. Nicht allein der Schweißspuren wegen. Kurze Zeit später wandte sich die Radlerin mir zu und raunte mir mit wissender Geste, diskret auf die vor mir liegende Dame ohne Bikinioberteil weisend, ins Ohr:

„Das ist das Superweib."

„Na, nun übertreiben Sie mal nicht. So jung und frisch ist die auch nicht mehr", versuchte ich gelassen zu reagieren.

„Ich meine doch die Schriftstellerin vom Superweib."

„Wusste gar nicht, dass das Superweib eine eigene Schriftstellerin hat."

„Sie verstehen mich nicht. Das ist Hera Lind – die Schriftstellerin von dem Roman ‚Das Superweib'."

Weder eine Hera Lind noch ein Roman über ein Superweib sagten mir etwas.

„Kenn' ich nicht", gestand ich beschämt ein.

„Dann gehen Sie mal in die Bibliothek. Dort hat man einige Romane von Hera Lind ausgelegt."

Ich bedankte mich für den Hinweis und verließ frühzeitig, etwas irritiert den Fitnessraum, ohne mich wie gewöhnlich auf den besagten Liegen vor dem Fitnessstudio neben dem barbusigen „Superweib" auszuruhen. Als Spanner wollte ich nun doch nicht betrachtet werden.

Zum Glück sieht man im Brechtschen Sinne ja auch nur die im Lichte. Die im Schatten, im Dunklen sieht man eben nicht. Also blieb ich lieber im Schatten. Das passte auch viel besser zu einem Schattenspringer.

Am Nachmittag, ich wollte mir wie jeden Tag mein Sudoku aus der Bibliothek holen, stachen mir sofort die dort auffällig platzierten Bücher eines „Promis an Bord" ins Auge. Es waren die Romane von Hera Lind. Ich las die mir bis dahin völlig unbekannten Buchtitel wie u. a. das bereits erwähnte „Superweib" sowie „Ein Mann für jede Tonart" und „Der gemietete Mann" oder den Krimi „Mord an Bord", die angeblich zu Bestsellern wurden und auch verfilmt worden sind.

Durch die merkwürdige Begegnung mit dieser Frau am Morgen animiert, blätterte ich in den Romanen und las die Informationen auf den Umschlagseiten. Daraus entnahm ich, dass Hera Lind zu den erfolgreichsten Autorinnen der deutschsprachigen unterhaltenden *Frauen*literatur gehört. Also nicht unbedingt eine Bildungslücke für mich. Irgendwie erinnerte ich mich auch, von dieser Frau unlängst in der Klatschpresse im Zusammenhang mit ihrer Trennung vom Partner und den gemeinsamen vier Kindern gelesen zu haben.

Einige Jahre später. Die Reederei Deilmann musste die Kreuzfahrten mit der mir inzwischen ans Herz gewachsenen „MS Deutschland" einstellen. Im Sinne einer Neuorientierung hatte ich diesmal nach zwei Reisen mit Mittelklasseschiffen, die nicht so ganz meinen Vorstellungen entsprochen hatten, wie der Geschichte

Pleiten, Pech und Pannen auf dem Mittelmeer

zu entnehmen ist, eine Kreuzfahrt mit der als schönste Yacht der Welt gepriesenen „MS EUROPA" gewählt. Es ist bekanntlich das weltweit einzige mit fünf Sternen Plus vom Berlitz Cruise Guide ausgezeichnete Kreuzfahrtschiff. Bei maximal 408

Passagieren soll es, wie ich in einem Kreuzfahrt-Guide gelesen hatte, viel Freiraum an Deck bieten und eine sehr persönliche Atmosphäre mit Yachtcharakter erzeugen.

Ein kleines exklusives Schiff, persönliche Atmosphäre, viel Freiraum an Deck – das entsprach ganz meinen Vorstellungen.

Nach einem schier endlos langen Flug über Australien begann die Kreuzfahrt mit der MS EUROPA in der Hauptstadt Neukaledoniens, in Nouméa. Ein geschäftiger Ort, der mich sofort an die Côte d'Azur erinnerte. Hier gab es tatsächlich jede Menge Verkehr. Eine Stadt mit Graffiti, Staus, Yachthäfen und riesige Nickelminen.

Nach Nouméa folgten zwei volle Tage auf See. Genug Zeit, das Schiff kennenzulernen, sich erstmal von dem langen Flug zu erholen, zu entspannen und all die Annehmlichkeiten an Bord zu genießen.

Um mich allmählich an das Sonnenlicht zu gewöhnen, suchte ich mir am Pool ein schattiges Plätzchen. Ich hatte Glück. Die Liegen im überdachten Teil waren nur zum Teil belegt. Ich fand einen für mich idealen freien Liegeplatz. Je eine Liege zu beiden Seiten war frei. Der richtige Platz, um zu dösen und ab und zu eine der Kurzgeschichten aus der amüsanten Kreuzfahrtlektüre „Urlaub auf hoher See" zu lesen.

Zwei Liegen rechts von mir lag eine Dame und blätterte in ihren Aufzeichnungen. Irgendwo musste ich der Frau schon mal begegnet sein. An Genaueres konnte ich mich nicht erinnern. In einiger Entfernung saß ein Ehepaar an der Poolbar, schlürfte einen Cocktail und winkte mir lässig zu. Ich kannte die beiden vom Hinflug. Im Flugzeug saßen sie neben mir. Das wusste ich noch. Woher aber kennst du die Dame auf der linken Seite? Die Frage ging mir nicht aus dem Kopf. Ich versuchte, mich durch Lesen einer der Kurzfahrtgeschichten von den frustrierenden Gedanken an meine Gedächtnislücken abzulenken.

Das Verdrängen meiner Überlegungen durch Lektüre eines Buches aus der Schiffsbibliothek gelang dem Autor Stefan Schöner vorzüglich. In seinen Geschichten hält er sich nicht bei den üblichen Kreuzfahrtklischees auf, sondern spießt viele kleine Absurditäten und Sonderlichkeiten einer Kreuzfahrt witzig und in manchen Episoden auch etwas überspitzt auf.

Manche der wiedergegebenen Begegnungen scheinen für Schiffsreisen gar nicht so ungewöhnlich zu sein.

Ich las voller Mitgefühl, wie der Autor auf dem Sonnendeck zum Beispiel einen Monolog seines Sitznachbarn über Piezokeramik erträgt, bis eine weibliche Stimme die Vorlesung übertönt. Die stimmgewaltige Dame ist die Sitznachbarin seiner Frau. Ihre Erzählung dreht sich allerdings in keiner Weise um Piezokeramik. Uns erschließt sich also nicht, was „Piezokeramik" ist. Eine Wissenslücke? Sicher nicht. Bis heute ist der Begriff in meinem Umfeld nie wieder aufgetaucht.

Die Dame hat ein für sie viel interessanteres Thema. Sie redet und redete über ihren Gesundheitszustand. Die Mitreisenden auf dem Sonnendeck erfahren neben vielen anderen Beschwerden, dass sie an Verstopfung leidet und es diesmal besonders schlimm ist.

Über weitere Details wollte das zum Zuhören verurteilte Ehepaar Schöner anscheinend nicht informiert werden. Höflich nickend verzog es sich auf den Balkon seiner Kabine. Ich verstand ihre Reaktion.

Versunken in die Lektüre und nachdenkend über die amüsant beschriebenen Vorkommnisse, hätte ich fast gar nicht bemerkt, was in meiner unmittelbaren Nähe geschah. Wäre da nicht der Name „Frau Lind" gefallen.

Hera Lind? War das nicht der Name einer Schriftstellerin, die Schicksale von Frauen in ihren Romanen verarbeitete. Plötzlich fiel es mir wie Schuppen von den Augen. Die Frau, zwei Liegestühle links von mir, deren Anblick mir irgendwie bekannt erschienen war, musste diese Autorin von Frauenromanen sein.

Verstohlen schaute ich nach links. Natürlich, das war das „Superweib", dessen Anblick mich vor Jahren auf dem Laufband hinter der Glasfassade des Fitnessstudios auf der MS DEUTSCHLAND so verwirrt hatte. Diesmal war sie allerdings nicht barbusig. Deshalb hatte ich sie nicht sofort erkannt.

Eine wohlgenährte und auffällig geschminkte und frisierte Dame mittleren Alters in einem knappen schwarzen Badeanzug, der ihre Fülligkeit erst recht zum Ausdruck brachte, hatte sich an das Fußende der Liege dieser Schriftstellerin gesetzt und redete ununterbrochen auf Frau Lind ein. In einer nicht zu überhörenden Lautstärke und theatralischer Mimik und Gestik wandte sie sich an meine Liegestuhlnachbarin – an besagte Hera Lind.

„Also Frau Lind, das muss ich Ihnen unbedingt erzählen: Es war vor etwa einem Jahr. Ich war total am Boden. Sie müssen wissen, mein über alles geliebter Mann – Sebastian hieß er – war kurz zuvor überraschend verstorben. Sebastian war ein ...

Hören Sie! Ich war gerade ein paar Tage auf Sylt. In Erinnerung schwelgend an die vielen schönen Tage mit meinem herzensguten Sebastian bummelte ich am Strand entlang. Da kommt mir – Sie werden es nicht glauben – ein Mann entgegen. Groß, sportlich ... Er sah mich an. Ich sah ihn an ... Stellen Sie sich vor: Es war ..."

Nach weiteren zwanzig Minuten war ich ziemlich genervt von der ausführlichen, bis ins kleinste Detail gehenden, nicht enden wollenden Darstellung der selbstbewussten Dame. Selbst bei Hera Lind schien das Interesse nachzulassen. Verlegen schaute sie ein paar Mal in die Runde.

Es vergingen wohl noch einmal zwanzig Minuten. Lautstark hatte die extrovertierte Dame nun auch die Geheimnisse des schönen Unbekannten zu Gehör gebracht.

Das mir bekannte Ehepaar an der Bar hatte schon längst seinen Cocktail ausgetrunken und sich mit einem mehrdeutigen Daumenhinweis auf mich und auf Hera Lind vom Pool verabschiedet, als die aufdringliche Erzählerin endlich Anstalten machte, sich zu erheben. Selbst die überschwängliche Verabschiedung und Verabredung zu einem erneuten Treffen nahm noch einige Minuten in Anspruch.

Mir war die Lust auf Lesen und Relaxen inzwischen völlig vergangen. Ich räumte meine Liege. Hera Lind warf mir einen entschuldigend wirkenden Blick zu. Ihr schien das aufdringlich wirkende Gehabe der Dame mir gegenüber unangenehm gewesen zu sein. Wie warnte schon Goethe: „Die Götter, die ich rief, die werd' ich nun nicht los." Das trifft wohl auch auf Ideengeber zu.

Als ich auf dem Weg zu meiner Suite an Hera Linds Liegestuhl vorbeikam, konnte ich es mir nicht verkneifen, mit einem verschmitzten Lächeln zu bemerken:

„Frau Lind, ich habe heute eine Erkenntnis gewonnen, die ich allen meinen Freunden und Bekannten hier auf dem Schiff mitteilen werde. Vorsicht vor Hera Lind!" Erschrocken schaute sie mich an.

„Meidet am Pool und anderswo die Nähe dieser Frau. Ansonsten können eure Nerven arg strapaziert werden", setzte ich nach kurzem Hinweis auf meine ungewollte Zuhörerschaft fort.

„Nun bin ich aber betrübt. Vielleicht finde ich noch eine Möglichkeit, es wiedergutzumachen", erwiderte Frau Lind mit einem entschuldigenden Augenzwinkern.

Beim Dinner erzählte ich meinen Tischnachbarinnen Teresa, Anna, Bettina und ihrer Mutter von dem schrecklich amüsanten Pool-Erlebnis mit Hera Lind. Wohlweislich verschwieg ich, dass ich Hera Lind schon vor Jahren vor dem Fitnessstudio auf der MS DEUTSCHLAND begegnet war.

Meine Damen fanden das heutige Verhalten der Schriftstellerin gar nicht so lustig. An meiner Stelle hätten sie ihren Unmut deutlicher zum Ausdruck gebracht. Anna gab zu verstehen, dass sie von solchen Schicksalsbeichten schon gehört hätte. Die Schriftstellerin würde Frauen animieren, aus ihrem Leben zu erzählen, um geeignete Episoden in ihren Frauenromanen zu verarbeiten. So eine salbungsvolle Episodenvorlage hatte ich also ertragen müssen.

Trotz Recherchen im Internet habe ich bisher nicht herausfinden können, ob die mir zum Mithören aufgezwungene Erlebnisdarstellung der stimmgewaltigen Dame in einem ihrer Romane verarbeitet wurde. Es hätte mich auch gewundert.

Nebenbei erfuhr ich noch von Teresa aus Bonn, dass sie die Suite neben Hera Lind hatte, die häufig auf ihrem Balkon telefonierte. Ungewollt musste Teresa die Gespräche immer mit anhören, was sie als sehr störend empfand. Die Sympathie für Hera Lind war bei meinen Damen ziemlich eingeschränkt. Das spürte ich bereits bei der nächsten gemeinsamen Begegnung mit Hera Lind.

An einem Seetag erwartete uns im Lido-Café beim bayrischen Frühschoppen ein deftiges Brotzeitbuffet mit typischen freistaatlichen Schmankerln: Weißwurst, Kraut, Brezeln etc. Dazu das beste Bier der Welt, das Freibier, wie es im Tagesprogramm angekündigt war. Für die entsprechende Stimmungsmusik sorgten das Bordorchester und der singende Host.

Meine Tischdamen Anna, Bettina und Teresa hatten im Schatten unter einem Sonnenverdeck einen Tisch für uns organisiert. Neben mir war noch ein Platz frei. Auf diesen Platz steuerte von hinten – von mir unbemerkt – Frau Lind mit zwei Glas Champagner in der Hand zu. Sie musste mich wohl erkannt haben.

Meine Tischdamen ahnten wahrscheinlich schon, was auf uns zukommen könnte. Sie schienen allerdings nicht sehr erfreut über die neue Gesprächspartnerin an unserem Tisch. Doch dazu sollte es gar nicht erst kommen.

Frau Lind und ich erinnerten uns kurz an die für beide unliebsame Situation am Pool und stießen mit dem Champagner auf künftig erfreulichere Begegnung an.

Wir wollten uns gerade setzen, als erneut eine völlig überdreht wirkende Dame von einem der Nachbartische theatralisch auf uns zustürmte.

„Frau Lind, kommen Sie doch bitte an meinen Tisch. Ich muss Ihnen unbedingt etwas erzählen."

Hera Lind blickte mich entschuldigend an und folgte der vor Freude strahlenden Dame. Arbeit geht vor Vergnügen! Ich war nicht unglücklich über den mir entgangenen Smalltalk. Meine Tischdamen waren es wohl ebenso. Und Hera Lind bekam vielleicht eine neue Idee für ihren nächsten Frauenroman.

Ungestört in bekannter Runde genossen wir an unserem Tisch den zünftigen bayrischen Frühschoppen, natürlich nicht ohne über meine interessanten Bekanntschaften zu lästern.

Auch Prominente an Bord können einen *Schattenspringer* mehrfach auf unterschiedliche Weise reizen. Mit und ohne Bikinioberteil.

Vom Schattenspringer zum vorsichtigen Sonnengenießer dank Möhrensaft, Botox und Co

Um die Sonne auf Kreuzfahrten angemessen genießen zu können, muss ein Schattenspringer allerlei bedenken. Jede Kreuzfahrt braucht in Abhängigkeit vom Reiseziel und vom Charakter der Kreuzfahrt ihre besondere Vorbereitung. Das gilt in besonderer Weise für Schattenspringer. Umso mehr wenn es in sonnige südliche Gefilde gehen soll.

Erfahrungen habe ich mit den Jahren genügend sammeln können. Manche mit mehr, andere mit weniger Aufwand und Erfolg. Besonders wenn die Reise nach oder in einer dunklen Jahreszeit startet. Dann sind bereits in Deutschland vor der Reise in sonnige Gebiete zunehmend längere Aufenthalte im Freien zur Gewöhnung der Haut an das Licht ein Muss.

Sonnenhut und weitgehend lichtundurchlässige Kleidung gehörten viele Jahre ebenso selbstverständlich in mein Hauptgepäck wie „Contralum", ein von der Westtante fürsorglich für mich über die Grenze geschmuggeltes Lichtschutzmittel, oder andere Sonnenschutzcremes mit höchstem Lichtschutzfaktor sowie AH 3 bzw. Panthenolspray für unbedachte Folgen bei zu langen Aufenthalten im Licht.

Für Schattenspringer oder EPPler, wie wir uns nach einer oft späten Diagnose dann nennen konnten, gab es keine wirklich schmerzlindernden oder gar schmerzverhindernden Medikamente und Lichtschutzmittel. Sie wurden nur zögerlich entwickelt. Marktwirtschaftlich lohnte es sich nicht. Für die geringe Anzahl von Betroffenen reichten der Aufwand und die Entwicklungskosten wohl nicht. Rein wirtschaftlich gesehen.

Nach vielen Jahren und zahlreichen Fehldiagnosen diagnostizierte die Charité erst Anfang der 80er Jahre meine ungewöhnliche Lichtempfindlichkeit und Schattenspringerei nach einem längeren klinischen Aufenthalt als EPP.

Als ich meinem örtlichen Hautarzt nach dem Klinikaufenthalt die Diagnose der Charité „Erythropoetische Protoporphyrie" nannte, war seine erste Reaktion: „Da haben Sie aber fleißig geübt, es korrekt auszusprechen. Und wie kann ich Ihnen nun helfen?" Das wussten wir beide nicht. Jetzt gab es zwar eine Diagnose, aber keine zugelassenen wirksamen Medikamente zur Behandlung von EPP, lediglich Empfehlungen zum Schutz vor Sonnenbrand und UV-Strahlen durch Creme und zur Einnahme von carotinhaltigen Naturheilmitteln.

Von der Charité wurde mir eine Zeit lang empfohlen, 5-mal täglich Möhrensaft (je Fläschchen 0,2 l) zu trinken. Dafür erhielt ich von einem der Hautärzte der Charité in Berlin sogar ein Rezept.

Erfreut über die ersten neuen Behandlungsempfehlungen trat ich die Heimfahrt an. Endlich etwas Konkretes. Möhrensaft trinken. Klingt doch einfach. Doch als so einfach sollte es sich nicht erweisen. Schon während der Rückfahrt im Zug mischten sich Fragen und Bedenken in die Hoffnung ein.

Wo sollte ich das Rezept einlösen?

Danach zu fragen, hatte ich völlig vergessen.

Hatten die Ärzte in Berlin nicht daran gedacht, dass wir in der DDR lebten? Möhrensaft? In der Menge! Wussten die Berliner Ärzte nicht, dass Möhrensaft ein begehrtes Getränk für Kleinkinder war? Mit über 30 war ich nun wahrlich kein bedürftiges Kleinkind mehr. Außerdem gehörte Möhrensaft in der DDR zur Mangelware.

Meine Bedenken sollten sich schon am nächsten Tag bewahrheiten. Die Apothekerin in meinem Heimatort, an die ich mich zuerst vertrauensvoll wandte, wusste mit dem Rezept nichts anzufangen. Sie belehrte mich, dass Möhren- bzw. Karottensaft nicht auf ihrer Liste lieferbarer Medikamente oder Heilmittel stand. Abschlägig verwies sie mich an den Einzelhandel (HO oder Konsum).

Der Verkaufsstellenleiter des Konsumladens, in dem ich regelmäßiger Kunde war, schüttelte nur bedauerlich mit dem

Kopf, als ich ihm mein Anliegen vortrug. Vertrauensvoll klagte er mir sein Leid:

„Ich bekomme auf Zuteilung einen Karton Möhrensaft (20 Flaschen) pro Woche. Und das auch nicht regelmäßig. Sie benötigen allein zwei Kartons. Da bleibt ja nichts für die Kinder. Wie soll ich das den Müttern der Kleinkinder erklären, die schon am Liefertag nachfragen?"

Konnte oder wollte er mir nicht helfen? Ich war mir unsicher. Natürlich hatte ich Verständnis für seine Lage. Ich hätte den Möhrensaft sogar aus eigener Tasche bezahlt.

Als Nächstes versuchte ich es in der HO-Verkaufsstelle am Markt. Erfreut fand ich Karottensaft im Regal für Kindernahrungsmittel. Ein Fläschchen stand im Regal. Als ich mich freundlich an die Verkäuferin wandte mit der Bitte, mir einen Karton davon zu holen, sah sie mich streng von oben bis unten an und stieß missbilligend hervor:

„Wollen Sie mich verar...?"

Ehrfürchtig holte ich mein Rezept hervor. Ich kam jedoch gar nicht dazu, es ihr zu zeigen. Sie ließ mich einfach stehen, holte aus dem Lagerraum neue Ware und sortierte weiter Kindernahrungsmittel ein. Aber keinen Karottensaft.

Weitere Versuche, an den begehrten Möhrensaft zu gelangen, schlugen ebenso fehl.

Jetzt konnte mir nur noch einer helfen. Günther Z., unser damaliger Schulrat! Er kannte meine gesundheitlichen Probleme. Nachdem ich ihm meine verzweifelten Versuche, Möhrensaft in der Apotheke bzw. im Handel zu bekommen, geklagt hatte, sagte er nur:

„Bleib ruhig. Das kriegen wir hin. Ich spreche mit Karl." Karl war der Ratsvorsitzende in meinem Heimatkreis.

Diesmal hatte ich endlich Glück. Beziehungen waren schließlich alles in der DDR.

Von nun an ging alles Weitere seinen sozialistischen Gang. Wie das erfolgt, weiß jeder, der in der DDR gelebt hat.

Alle zwei Wochen durfte ich mir die Kartons Möhrensaft von der Kantine des Rates des Kreises abholen.

Damit war das komplizierte Beschaffungsproblem erstmal gelöst. Nicht aber mein persönliches Einnahmeproblem. Täglich 5-mal eine Flasche Möhrensaft! Klingt eigentlich ganz einfach, dachte ich jedenfalls anfangs auch.

Nach zwei Wochen bekam meine ansonsten eher bleiche Haut zwar einen ungewohnten leichten rotbräunlichen Schimmer. Mein Magen und Darm reagierten aber zugleich ziemlich ungewohnt, nämlich recht aufmüpfig. Es dauerte gar nicht lange, da musste ich bereits beim Anblick einer Flasche Möhrensaft alle inneren Barrieren überwinden, wie als Kind bei der qualvollen Einnahme von Lebertran. Ich riss mich zusammen, getragen nur von der Hoffnung auf die positive Wirkung bei meiner ersehnten ersten Kreuzfahrt auf dem Schwarzen Meer.

Wir fuhren mit dem sowjetischen Kreuzfahrtschiff „MS Schaljapin", benannt nach dem berühmten russischen Opernsänger Fjodor Schaljapin. Mit dieser Kreuzfahrt erfüllte sich trotz vieler gesundheitlicher Einschränkungen ein langgehegter Wunsch. Zugleich zeigte sich jedoch, dass Möhrensaft kein Wundermittel gegen das Schattenspringen ist.

Geduldig überspielte ich schon vor der Reise die vielen wohlgemeinten Hinweise von Freunden und Bekannten auf mein ach so gesundes rotbräunliches Aussehen mit der lapidaren Bemerkung:

„Ich trinke täglich Möhrensaft."

Was sie von meiner knappen Reaktion hielten, konnte ich mir denken. Weitere Fragen versuchte ich abzuwürgen. In dem Alter sprach man sowieso ungern über gesundheitliche Beeinträchtigungen. Oder sollte ich ihnen meine Würgereize allein beim Anblick von Möhrensaft beschreiben? Sie hätten mich gar nicht verstanden. Möhrensaft trinken war für sie doch kein Problem. Ja, in Maßen, aber nicht in Massen! Was ich nun wohl schon wieder hatte!

Kurz vor Beginn der Reise durfte ich den Konsum von Möhrensaft endlich einstellen. Für mich eine willkommene Erleichterung. Vom eingetretenen Zustand der Haut versprachen sich die Dermatologen eine verbesserte Lichtschutzwirkung zumindest für den Zeitraum der Kreuzfahrt.

Wie hätte es auch anders gehen sollen?

Mit mehreren Kartons Möhrensaft eine Kreuzfahrt antreten? Das war praktisch wohl kaum durchführbar. Da würde der Zoll garantiert nicht mitspielen. Aber auch meine Reaktionen auf Möhrensaft und dazu Seegang wären wohl keine angenehme Kombination.

In der Hoffnung, dass die Wirkung des Möhrensafts zumindest ein paar Tage anhält, trat ich optimistisch die Reise an. Auf die zu erwartende hohe Lichtintensität hatte ich mich erfahrungsgemäß ausreichend mit Sonnencreme und den üblichen Lichtschutzmitteln eingestellt.

Zur Not hatte ich ja noch die vom Hautarzt verschriebenen Tabletten AH 3.

„AaaaHaaa 3!" klingt jedenfalls ermunternd. Der Name sagte mir drei, also mindestens drei davon nehmen. Schmerzen linderten selbst drei Tabletten nicht groß. Sie waren ja eigentlich auch mehr zur Behandlung von Nesselsucht und chronischen Entzündungsreaktionen der Haut bestimmt. Dafür sah man manches etwas rosiger. Wenn man sich dann noch einen Nachttrunk dazu genehmigte, konnte man zumindest eine entspanntere und schlaffördernde Wirkung spüren.

Zum Glück hatte ich mich aber auch schon an andere, für viele Leute seltsam erscheinende Verhaltenswidersprüche gewöhnt. Wenn zum Beispiel alle sich bei heißem sonnigem Wetter überflüssiger Kleidung entledigten und die Ärmel und Hosenbeine hochkrempelten, setzte ich die Kappe mit Schirm und Nackenschutz auf, bedeckte vollständig alle sichtbaren Hautflächen und verbarg die Handflächen – wenn möglich – in den Hosen- bzw. Jackentaschen oder auf der Schattenseite des Körpers. Das dadurch natürlich verstärkt auftretende Schwitzen war das geringere Übel. An die schlaflosen Nächte und das Brennen auf der Haut gar nicht zu denken. Immerhin doch besser als mit verbrannten Handoberflächen – rot und aufgedunsen wie ein Pfannkuchen (Berliner) – am nächsten Tag rumzulaufen, was nicht immer zu verhindern war. Außerdem entdeckte ich am Büffet frisch zubereiteten Möhrensalat, der ausgezeichnet schmeckte. Im Glauben, etwas Gutes zu tun, verschlang ich Unmengen davon. Diesmal sogar mit Vergnügen.

Das entspannte gemütliche Zusammensein mit Freunden, die Kreuzfahrtatmosphäre und die Ausflüge entschädigten für die Vorkehrungen und ließen mich die lästigen und meist schmerzhaften Nebenwirkungen ertragen.

Möhrenextrakte bestimmten auch weiterhin die Zeit meines Aufenthalts im Freien und auf der Sonnenseite des Lebens.

Wenige Jahre später gab es die vor Sonnenlicht schützende Wirkung des in den Möhren enthaltenen Carotins auch in höherer Konzentration in Form von Kapseln. Im Westen wurden sie produziert, anfangs unter dem Namen Phenoro, später Carotaben. Ich erfuhr davon von meiner aufmerksamen Tante aus dem Westen. Bei uns in der DDR also wieder nur per Sondergenehmigung erhältlich. Als nunmehr langjähriger Patient an der Hautklinik der Charité hatte ich jedoch entgegen allen Erwartungen keine Schwierigkeiten, dort die Kapseln zu bekommen. Diesmal wurden mir die Kapseln direkt in der Charité ausgehändigt. Ohne Einflussnahme des Ratsvorsitzenden. Die Kosten für das Medikament einschließlich der Fahrtkosten nach Berlin und weiterer Aufwendungen übernahm selbstverständlich die SVK (Sozialversicherung der Krankenkasse der DDR).

Bis zur Wende. Danach durfte auch mein örtlicher Hautarzt Dr. P. mir das Rezept ausstellen, das ich auf Bestellung an allen Apotheken einlösen konnte. Die Erleichterung währte aber nicht lange. Die gesetzlichen Krankenkassen, deren Mitgliedschaft ich mir leisten konnte, stufte bald Carotaben als gewöhnliches Lichtschutzmittel ein. Die Kosten für das zu der Zeit einzige wirksame Medikament musste ich von nun an selbst tragen. Ich konnte es verschmerzen. Was tut man nicht alles für die Gesundheit? Für mich bedeutete die Wirkung von Carotaben eine spürbare Verbesserung meiner Lebensqualität, wenn auch die Wirkung nicht von allen Dermatologen und Leidensgenossen so positiv gesehen wurde. Wie beim Möhrensaft musste ich mich allerdings auch weiterhin schon Wochen vorher auf jede bevorstehende Reise intensiv vorbereiten.

Eine der nächsten Reisen sollte mich mit dem Traumschiff auf Sindbads Spuren von Antalya nach Dubai führen. Auf dieser Orientreise waren Sonne und Hitze zu erwarten. Darauf musste ich mich tablettenmäßig rechtzeitig einstellen. Also begann ich wieder vier Wochen vor Reisebeginn, täglich 3 Kapseln Carotaben zu schlucken.

Doch schon nach den ersten Landaufenthalten spürte ich, dass die Anzahl nicht ausreichen dürfte. In Abhängigkeit von der Aufenthaltsdauer im Freien nahm ich demzufolge täglich bis zu neun Kapseln ein. Die Folgen wurden sichtbar, vor allem im Gesicht und an den Händen. Die dem Licht ausgesetzte Haut nahm eine auffallend orange bis rotbraune Farbe an. Mir war es gar nicht unangenehm. Endlich kein Bleichgesicht mehr.

Wenn nur bei unbedacht zu langem Aufenthalt im Freien die Schmerzen nachts nicht so unerträglich wären!

Nach einigen Tagen beäugte mich beim Dinner Margret – eine sehr charmante, immer dezent geschminkte pensionierte Lehrerin mit straffer Gesichtshaut aus Marburg – sehr auffällig, bevor sie feststellte:

„Sie sind viel schneller braun geworden als wir."

Natürlich hatte ich das auch schon bemerkt. Ich wusste ja um die Wirkung von Carotin.

In großer Tischrunde hatte ich jedoch wie immer nicht die Absicht, auf meine gesundheitlichen Probleme aufmerksam zu machen. Und eine zu erwartende Krankheitsdebatte herbeiführen, das wollte ich schon gar nicht.

Spontan, ohne mir etwas dabei zu denken, haute ich ganz cool heraus:

„Ich nehme Botox. Botox braun."

Erstauntes, betretenes Schweigen.

„Entschuldigung, das sollte ein Witz gewesen sein.", gab ich wie nebenbei schmunzelnd zu verstehen.

Erneut trat eine unerwartete Stille ein. Die Damen sahen mich und Margret erstaunt an und schauten irritiert in die Runde. Der Herr an meiner linken Seite konnte wahrscheinlich weder mit meiner Erklärung noch mit meiner Entschuldigung etwas anfangen. Zum Glück war niemand geneigt nachzufragen. Damit war das Thema in dieser Runde fürs Erste abgehakt. Nicht aber für Margret und Christine, meine häufigen abendlichen Begleiterinnen in den „Alten Fritz".

Am späten Abend nach einem Jägermeister bzw. einem Gläschen von dem „alten russischen Landwein", wie Margret den Wodka scherzhaft bezeichnete, wollten die Damen nun doch wissen, was ich mit meiner Bemerkung über „Botox braun" meinte. Meine Antwort beim Dinner schien sie beschäftigt zu haben.

Reumütig gestand ich, dass das mit dem Botox wirklich scherzhaft gemeint war und ich niemanden provozieren wollte. Auf meine Frage, ob sie selbst denn schon mal Botox probiert hätten, reagierte Margret – zwischendurch waren wir zum Du übergegangen – mit einem verschmitzten Lächeln. Diesmal musste ich mich mit der knappen spitzen Antwort begnügen:

„Danach hat ein Mann eine Frau nicht zu fragen."

War ich jetzt in ein Fettnäpfchen getreten?

Ich schwieg lieber und dachte mir meinen Teil. Dafür erzählten mir meine aufgekratzten Begleiterinnen einiges über Botox. Sie klärten mich darüber auf, dass manche Frauen um Jahre jünger aussehen wollen und glauben, nach ein paar Spritzen Botox sind die störenden Knitterfalten an Stirn und Wangen beseitigt. Hängelider können gehoben, hohe Wangenknochen gezaubert und sinnliche Lippen erzeugt werden. Meine reizenden Damen machten mich darauf aufmerksam, dass bei einigen allerdings die Gefahr besteht, in eine Sucht zu verfallen. Sie vergessen, rechtzeitig die Bremse zu ziehen. Erst Stirnfalten, dann Krähenfüße, später mehr Volumen für die Lippen usw. Schließlich entstehen maskenhafte Gesichter wie etwa die von Donatella Versace oder Harald Gloöckler.

Köstlich amüsierten wir uns über die von Botox entstellten Gesichter spritzenden Promis, Stars und Fernsehgrößen. Der alte russische Landwein lockerte die Zungen. Schnell waren meine beiden Damen bei den Künstlerinnen an Bord gelandet und machten auch bei den Besucherinnen des „Alten Fritz" mit ihren Botox-Vermutungen nicht halt.

„Na die da, die den Kapitän so schmachtend ansieht, die kann doch nicht mal mehr die Stirn runzeln."

„Oder die da drüber, die sich gerade zu ihrem Liebsten beugt. Schaut euch mal deren Lippen an."

Wir amüsierten uns köstlich. So ging es eine gewisse Zeit weiter. Mein Interesse an den Botox-Geschichtchen ließ jedoch bald nach. Ich wunderte mich bloß, was Margret und Christine an den Gesichtern der anderen Frauen so alles entdeckten.

„Aber brauner als du sind die nicht geworden", musste ich mir sogar anhören.

„Also bestimmt kein ‚Botox braun' gespritzt", konnte ich nur scherzhaft kontern.

Wieder einige Reisen später. Inzwischen hatte ich zur Kenntnis genommen, dass man auch aus medizinischen Gründen etwas unter die Haut spritzen kann und dass Botox in der Neurologie sowie in der ästhetischen Medizin schon seit Jahren eingesetzt wurde.

Dass man einem Schattenspringer wirklich einen längeren Aufenthalt in der Sonne ermöglichen kann, indem man ihm etwas unter die Haut spritzt, ahnte ich zu diesem Zeitpunkt noch in keiner Weise. Es sollte aber bald wahr werden. Aus dem Botox-Scherz entwickelte sich bald ein Funken Hoffnung für den optimistischen Schattenspringer.

Auf einem Jahrestreffen unseres Selbsthilfevereins wurden wir informiert, dass in Australien ein Mittel auf den Markt gebracht wurde, das unter die Haut gespritzt wird und einen längeren Aufenthalt in der Sonne ermöglicht.

Nicht Botox wird gespritzt, sondern Scenesse in die Haut implantiert.

Könnte das für uns geplagte Schattenspringer eine Lösung sein? Zweifel wurden laut. Der Preis für ein Implantat schockierte. Würden die gesetzlichen Krankenkassen die Kosten für Patienten mit EPP übernehmen? Oder ist es nur ein kosmetisches Lichtschutzmittel für wohlhabende Schönheitsfanatiker im fernen Australien? Botox für zahlungskräftige Sonnenanbeter?

Schon bald erfuhren wir, dass das Präparat auch in Europa zugelassen werden könnte. Ob auch in Deutschland, schien noch ungewiss.

Nach der Zulassung des Medikaments durch die europäische Zulassungsbehörde und infolge einer Demonstration zahlreicher Mitglieder unseres Selbsthilfevereins vor dem Gesundheitsministerium in Berlin, an der auch ich hoffnungsvoll teilnahm, und zahlreicher Petitionen erreichten wir, dass die Krankenkassen die Kosten für Scenesse in Deutschland übernehmen müssen. Damit war der mühsame Kampf um die Behandlung jedoch noch lange nicht beendet. Das in die Haut gespritzte Implantat mit einer Wirkungsdauer von zwei Monaten durfte nur an ausgewählten medizinischen Einrichtungen mit begrenzter Kapazität verabreicht werden. Als langjähriger Patient an der Charité in Berlin erwirkte ich dort die Teilnahme an einer Studie zur Behandlung mit dem erfolgversprechenden Medikament. Nach so vielen Leidensjahren ein neuer Hoffnungsschimmer mit vielen erwartungsvollen Fragezeichen.

Welche Beschränkungen wird es geben?

Sind oder werden Altersbegrenzungen für die Einnahme festgelegt? (Ich ging schließlich auf die 70 zu.)

Welche Nebenwirkungen hat die Einnahme?

Wie lange kann ich meine Haut künftig dem Licht aussetzen, ohne schmerzhafte Reaktionen befürchten zu müssen?

Ob sich wohl mein Traum – einmal unbekümmert nur in Badehose bekleidet am Palmenstrand entlang zu spazieren – noch erfüllen wird?

Solche für mich lebenswichtige Antworten glaubte ich nur bei einer erneuten Kreuzfahrt zu bekommen. Optimistisch und voller Hoffnungen bereitete ich mich auf die erste Reise mit dem Implantat Scenesse vor.

Auf Empfehlung des behandelnden Dozenten an der Charité wartete ich drei Implantationen ab, bevor ich es wagte mich wieder auf Kreuzfahrt zu begeben.

Mein Sehnsuchtsziel war noch einmal die Südsee, allerdings mit einer anderen Route. Ich wollte einfach testen, ob das neue Medikament mir mehr Spielraum für Land- und Strandaufenthalte bietet als auf der vorausgegangen Südseereise von Nouméa nach Manila.

Diesmal wollte ich mit der „Europa 2" durch den Indischen Ozean und Asien von Bali nach Thailand schippern.

Während ich auf der vorherigen Südseereise bei den Strandaufenthalten meine Reisebekanntschaften nur entfernt aus schattiger Position beobachten konnte und mich meist nur zu einem kurzen Plausch zu ihnen direkt an den Strand begab, wagte ich es diesmal, mich auf begrenzte Zeit zu ihnen zu gesellen. Die Zeitdauer bis zum Schmerzbeginn war gar nicht so einfach zu finden. Neue Erfahrungen mussten gesammelt werden. Darunter auch schmerzhafte, weil ich zu viel erwartet hatte.

Einfach traumhaft war der Weg von dem langen sichelförmigen Strand der Tropeninsel KoKut ins Meer. Barfuß und nur in Badehose. Endlich einmal wie die anderen und mit ihnen fast unbekümmert in der Südsee baden. Ein Traum ging in Erfüllung. In diesem Glücksrausch vergaß ich ganz die Zeit. Ich planschte im Wasser wie ein Kind. Unvergesslich aber auch so manche der unbedachten Folgen. Nachts Sonnenbrand an den Stellen, an denen ich ihn gar nicht kannte und vermutet hatte. Heute weiß ich natürlich, dass ich mich trotz Medikament und Sonnencreme nicht so lange in der Sonne aufhalten kann wie andere, gesunde Menschen. Neue Lebensqualitäten müssen eben mit Bedacht erschlossen werden.

Früher war ich bei den beliebten Strandaufenthalten bei Kreuzfahrten immer einer der Letzten, der von Bord ging, und einer der Ersten, die wieder aufs Schiff zurückkehrten. Mehr war unter südlicher Sonne und ohne schmerzhafte Folgen meist nicht möglich. Nassanlandungen mit dem Zodiak (wenn man noch ein bis zwei Meter durchs Wasser bis an Land gehen muss) und die Füße kein Licht abbekommen durften, riefen bei mir oft schon vorher Befürchtungen hervor. Heute freue ich mich darauf.

Nach dem Scherz mit „Botox braun" scheint jetzt dank „Scenesse" für mich ein langjähriger Traum wahr zu werden.

Seit 2017 ermöglicht mir Scenesse – das Implantat in Reiskorngröße, das mir zurzeit leider nur viermal im Jahr kassenärztlich verordnet wird –, im Alltag und bei Ausflügen unbekümmerter den Weg vom Schatten ins Licht zu beschreiten, allmählich Freude an Strandaufenthalten zu gewinnen und dadurch die Vorteile von Kreuzfahrten noch intensiver zu genießen.

In kurzer Zeit lernte ich, mich unbedenklich im Freien so zu bewegen, wie es jeder gesunde Mensch seit seiner Kindheit tut. Ohne angstvollen Blick nach oben. Zum Himmel. Zu Licht und Sonne. Ohne krampfhafte Suche nach einem schattigen Plätzchen oder Weg zum nächsten Ziel. Ganz in der Nähe von Freunden und Bekannten.

Langsam begreife ich: Für uns Schattenspringer ist es ein unbeschreibliches Gefühl, wenn Sonne nicht mehr weh tut. Und sei es vorerst auch nur für gewisse Zeit. Gegenwärtig reicht die Wirkung von Scenesse für ca. acht Monate im Jahr. Vielleicht kann man die Wirkung in absehbarer Zeit auch auf das gesamte Jahr ausdehnen.

Vom schattigen Osten
in den sonnigen Westen springen

Als geübter Schattenspringer ist man instinktiv geneigt, sich bei zu sonnigen Problemen unverzüglich in den wohltuenden Schatten zu begeben.

Wie aber verhält sich ein Schattenspringer bei gesellschaftlichen Auseinandersetzungen, wenn er sich von der gewohnten schattigen Seite seines bisherigen Lebens erwartungsvoll in die propagierte lichte und sonnige Zukunft begeben möchte?

Auch in solchen Situationen muss man springen und Hürden überwinden lernen. Das gilt sowohl im Alltag als auch auf Reisen und Kreuzfahrten. Solche Sprünge vom Schatten ins Licht sind oft viel komplizierter, als man erwartet. Das trifft in besonderem Maße bei der emotionalen Überwindung gesellschaftlicher und politischer Hindernisse sowie Grenzen und deren Folgen zu. Derartigen Sprüngen fühlt sich selbst ein gewohnter Schattenspringer nicht immer gewachsen.

Zunächst fällt mir eine Episode von einer meiner ersten Reisen nach der Wende ein. Für mich eine völlig unerwartete, sehr deprimierende, aber lehrreiche Erfahrung.

Ich reiste allein. Es war eine Studienreise. Sie führte nach Südafrika und wollte Impressionen vom Land und seinen Bewohnern vermitteln. Direkte Begegnungen mit Bewohnern Südafrikas gab es zwar nicht, dafür umso mehr Einblicke in die Gedankenwelt unserer Bundesbürger im geeinten Deutschland.

Neben Kapstadt, dem Kap der Guten Hoffnung, der Gartenroute und dem Krüger-Nationalpark führte uns die Reise auch nach Johannesburg, einem Brennpunkt der sozialen Gegensätze in Südafrika. Aus dem Busfenster sahen wir die Wolkenkratzer und die postmodernen Verwaltungsbauten der großen

Konzerne und in der Ferne die elenden Slums der Schwarzen. Selbst unser kurzer Weg vom Bus ins Museum wurde von bewaffneten Polizisten eskortiert. Zum Schutz vor Überfällen.

Bewacht und abgeschottet von jedem Kontakt zu den Bewohnern Südafrikas übernachteten wir in Sandton, in einem Nobelort, in einer Nobelhotelanlage.

Nach dem Abendessen lud mich und einige andere Reisende aus der Gruppe ein Reiseteilnehmer zu einem Drink in ein zu der Hotelanlage gehörendes komfortables Gartenrestaurant ein. Auf seine Kosten, wie er nachdrücklich betonte. Ich hatte inzwischen mitbekommen, dass der spendable Gastgeber ein pensionierter Richter aus den alten Bundesländern war, der seiner Nichte Südafrika zeigen wollte. Bisher war mir an ihm nur aufgefallen, dass er immer sehr konventionell gekleidet war und sich auch so verhielt. So wie ich mir einen bundesdeutschen Richter vorstellte. Selbst bei Ausflügen und Expeditionen wirkte er verschlossen. Seine Nichte hingegen war eine aufgeschlossene, freundliche und sympathische Studentin. Ich freute mich auf einen unterhaltsamen Abend.

Nach einer anregenden Unterhaltung über Südafrika und die politischen Veränderungen in diesem Land seit dem Sturz der Apartheid wandte sich der Herr Richter aus Bayern urplötzlich und völlig abrupt in einem ungewohnt belehrenden Ton an mich:

„Sie müssen uns doch dankbar sein, dass Sie aus dem Osten an dieser Reise teilnehmen dürfen."

Was sollte das? Hier in Südafrika hatte man die Apartheid überwunden. Unter den Deutschen wohl noch nicht. Es verschlug mir fast die Sprache. Irritiert schaute ich in die Runde. Ein bisschen verständnislos blickten mich auch einige der anderen aus der Reisegruppe an.

Wie hatte er übrigens erkannt, dass ich aus dem Osten komme? Wir hatten uns doch noch gar nicht vorgestellt.

Hatte ich etwa das ständige scheue Ummichherumblicken nach einem eventuell verordneten geheimen Zuhörer, wie auf früheren Reisen z. B. nach Nordkorea durchaus üblich, noch immer nicht abgelegt?

Lag es an meiner Kleidung? Das Blauhemd aus der Jugendzeit hatte ich doch längst in ein blau-weiß-gestreiftes Olymp-Hemd ausgetauscht. Das hätte doch dem pensionierten bayrischen Beamten wohlwollend auffallen müssen.

Vielleicht hatte er meine ost-provinzielle Herkunft auch aus meinem ungeschickten Verhalten gestern beim Hummeressen in einem Nobelrestaurant erschlossen.

Oder war es vorhin meine Frage nach einem lieblichen südafrikanischen Wein? Alle anderen Gäste am Tisch hatten sich natürlich für die hochpreisigen trockenen Markenweine entschieden.

Zum Glück werde ich das nie erfahren. Sonst würde ich ja vielleicht manche meiner herkunftsbedingten Verhaltensweise bewusst und unnötig ändern.

Als wahrscheinlich einziger erkennbarer Ostler in der Runde spürte ich überhaupt keine Veranlassung, mich in diesem Rahmen ehrfürchtig bei irgendjemand rechtfertigen oder gar bedanken zu müssen, dass ich aus dem Osten jetzt auch nach Südafrika reisen und jetzt hier kostenlos mittrinken darf. Und nun sollte ich in dieser Runde demütig „danke" sagen? Oder sollte der schüchterne Neuankömmling dem weisen Eroberer die Füße küssen oder gar das Gebiss reinigen?

Welchen anderen Grund sollte es geben, mich bei meinen neuen westdeutschen Landsleuten ehrerbietig zu bedanken?

Auf weitere derartig taktlose voreingenommene Wendediskussionen hatte ich absolut keine Lust. Ich fühlte mich der Runde nicht mehr zugehörig.

„Dafür sehe ich überhaupt keinen Grund."

Mit diesen Worten erhob ich mich, machte dem Servierer ein Zeichen und zahlte für meine beiden Gläser des vorzüglichen lieblichen südafrikanischen Weins. Die Rechnung war ziemlich schnell erstellt, denn außer mir hatte niemand lieblichen Wein getrunken.

In einem solchen Fall ist das vorzeitige Verabschieden immer noch die beste Lösung, wenn einem etwas grundsätzlich nicht gefällt.

„Aber ich sagte doch, dass ich die Rechnung übernehme", vernahm ich noch den Richter vom anderen Ende des Tisches.

Für mich hörte es sich an, als schwänge da der Richter sein Hämmerchen und wolle zur Ordnung rufen.

So leicht ließ ich mich aber nicht vereinnahmen. Und auf dieser Ebene erst **recht** nicht.

Mit den Worten:

„Ich möchte mich in diesem Fall niemandem zum Dank verpflichtet sehen", verabschiedete ich mich mit einem kurzen Klopfen auf den Tisch und einem freundlichen Nicken in die Runde. (Oder sollte ich nicht doch dankbar sein, weil ich nicht „Ossi" oder „Zoni" genannt wurde.)

Ich zog es vor, wieder einmal in den Schatten zu springen. Die ungetrübte Sonnenseite war noch nichts für mich. Weder gesundheitlich für die Haut noch emotional fürs Hirn. Zwar geht die Sonne gewöhnlich im Osten auf, der Weg in den Westen ist aber, wie man sieht, nicht selten durch Schatten getrübt. Wird diese Sicht noch durch das Verhalten sich besser dünkender Bürger geschärft, fallen einem immer mehr einschüchternde, das Selbstwertgefühl bedrohende Defizite und Differenzmerkmale auf.

Auf dem Weg in mein Hotelzimmer gingen mir wie so oft die besseren Reaktionen durch den Kopf. Ich hätte ja auch fragen können:

„Ist Ihnen in der BRD nicht genug geschenkt worden? Haben Sie sich je dafür bedankt?"

In dieser Runde solche Dankesbekundungen zu erwarten, wäre natürlich ebenso völlig überzogen gewesen. Aber eine Bemerkung wie „Schön, dass Sie bei uns sind und wir gemeinsam in ferne Länder reisen können", hätte mein Zugehörigkeitsgefühl und Wohlbefinden sicher gestärkt.

Bis ich an diesem Abend einschlief, gingen mir noch so einige zermarternde Gedanken durch den gestressten Kopf.

Bei einem Ausflug am nächsten Vormittag suchte die Nichte des pensionierten Richters meine schattige Nähe. Sie gab mir unmissverständlich zu verstehen, dass ihr das gestrige Verhalten ihres Onkels unheimlich peinlich gewesen sei. Gestrig in zweifacher Bedeutung, wie sie betonte. Darin waren wir uns schnell einig, auch ohne weiter ins Detail zu gehen. Wahrscheinlich müssen wir alle erst noch lernen, unvoreingenommen und verständnisvoll miteinander umzugehen.

Die kommenden Tage versuchte ich dem alten Herrn bewusst aus dem Wege zu gehen. Ich hatte kein Bedürfnis, noch einmal auf das Thema eingehen zu müssen. Zu der Zeit fehlten mir – wie vielen anderen Menschen aus dem Osten Deutschlands zu dieser Zeit – einfach noch das nötige Selbstbewusstsein und ein eloquentes Auftreten gegenüber selbstgefälligen Rhetorikern aus den alten Bundesländern. Außerdem wollte ich mir meinen wohlverdienten Urlaub nicht weiter vermiesen lassen.

Diese erste persönliche Konfrontation mit unterschiedlichen Positionen zur Wende auf einer Urlaubsreise hatte ich deprimiert, doch – wie ich glaubte – nicht unterlegen überstanden. Es sollten noch einige ähnliche Diskussionen folgen.

Selbst 25 Jahre nach der Wende spielte die West-Ost-Herkunft bei Kreuzfahrten immer noch eine unverkennbare Rolle. Jedenfalls nach meinem Empfinden.

Mit der „Albatros" – einem gemütlichen Mittelklasseschiff – unternahm ich Jahre später eine Kreuzfahrt in die Südsee. Der Anteil der Passagiere aus den neuen Bundesländern hatte sich nach meinen Beobachtungen merklich erhöht. Das traf auch auf unsere Tischrunde zu.

Ich befand mich diesmal in Gesellschaft einer recht korpulenten Dame aus Bayern mit ständigen Ernährungsproblemen, einer ehemaligen Diseuse aus den alten Bundesländern, die selten an unserem Tisch „dinierte", sowie eines verschwiegenen älteren Herrn, der sich nur am Gespräch beteiligte, wenn er – aus welchen Gründen auch immer – Bemerkungen über ein schwules Pärchen vom Nachbartisch machen konnte.

Zu meiner Rechten saß ein Ehepaar, das uns gleich am zweiten Abend ihre Vermögenslage und Herkunft demonstrierte. Noch vor dem Essen zog der Ehemann für alle sichtbar lässig seine Geldbörse aus dem Jackett, entnahm ihr auffällig einen „Fuffi" und steckte ihn überschwänglich einem Kellner zu. Außer seiner viel jüngeren Ehefrau, die nur selten etwas zu sagen hatte, schauten alle etwas pikiert auf das Pro(tz)cedere.

An meiner linken Seite hatte ein seriös wirkender ehemaliger Dozent einer Jugendhochschule aus dem Brandenburgischen und eine couragierte Ordnungsamtsleiterin aus Berlin-Köpenick mit der mir vertrauten typischen Berliner Schnauze Platz genommen.

Beim Austausch der Tageserlebnisse an einem der nächsten Abende erinnerte sich die Ehefrau daran, mich während ihrer Taxifahrt an einem Textilstand in der Nähe des Hafens kramen gesehen zu haben. Ob ich etwas Passendes erstanden hätte, wollte sie wissen. Ich bejahte und fügte hinzu, dass ich preisgünstig ein Oberhemd gekauft habe. Dass es sich, wie an solchen Ständen üblich, nicht um ein Markenprodukt handelt, sondern lediglich um ein Plagiat, wusste ich. Für mich war beim Kauf ausschlaggebend gewesen, dass ich zu wenige Hemden mit langem Arm (zum Schutz vor der Sonne) für diese sonnigen Gebiete eingepackt hatte. Außerdem sollte das Hemd preiswert sein, damit ich es vor der Abreise ggf. ohne Bedenken noch an Bord oder an Land bedenkenlos entsorgen kann, um das Gewicht meines Gepäcks auf dem Rückflug nicht zu erhöhen.

Vorrangig wollte uns die Ehefrau zu verstehen geben, dass sie sich ein Taxi bestellt hatten, um in einer bekannten Designer-Mal ausgiebig zu shoppen. In der Heimat war ihr Ehemann nur schwer zu bewegen, beim Kauf neuer Garderobe dabei zu sein. Das kannte ich auch aus meinem Bekannten- und Verwandtenkreis. Mit einem Augenzwinkern verriet sie mir, dass sie die Gelegenheit wohl bedacht genutzt hatte, ihren Ehemann zu überzeugen, dass sie unbedingt eine passende Smaragdbrosche zu ihrem grünen Abendkleid für die Kapitänsgala benötige. Nach dem Einkauf beim Juwelier hatte sie ihren Ehemann durch gutes Zureden dann auch dazu bewegen können, ein schmuckes Oberhemd für fast 150 € zu erwerben.

„Sieht es nicht schick aus?" Stolz verwies sie auf das Hemd, das ihr Gatte trug. Der hingegen schien nicht so angetan von dieser Art Aufmerksamkeit.

Das Oberhemd sah wirklich gut aus. Es hatte eine verblüffende Ähnlichkeit mit dem Hemd, das ich zum Schnäppchenpreis von 10 € am Hafenstand erworben hatte. Ich verkniff mir eine Wertung.

(Gerade las ich, dass Stiftung Warentest Oberhemden getestet hatte. Dabei schnitten beim Qualitätsvergleich die Hemden für 10 € eines Discounters genauso gut ab wie die der Markenanbieter für 130 €. Ich fühlte mich in meinem Kaufverhalten bestätigt.)

Der ehemalige Dozent aus dem Brandenburgischen gab zu verstehen, dass man als Rentner aus dem Osten schon auf den Preis gucken müsse. Sofort warf der Kleinunternehmer aus dem Westen ein, es wundere ihn sowieso, dass wir aus dem Osten uns überhaupt solche Reisen in die Südsee leisten können. Womit wir wieder beim Thema wären.

Mir fiel sofort die Argumentation des Dank erwartenden Richters bei dem geladenen Drink in Südafrika ein. Bitte, nicht schon wieder, dachte ich widerwillig.

Außerdem sei es für ihn unverständlich, so setzte unser Unternehmer aus den alten Bundesländern fort, dass unsere Renten so hoch sind, obwohl wir doch gar nicht in die Rentenversicherung der Bundesrepublik eingezahlt haben.

Nach einigen weiteren klischeehaften Äußerungen über die neuen Bundesbürger platzte der Berliner Ordnungsamtsleiterin der Kragen. In ihrer offenen Art konterte sie mit sachlichen Argumenten, die zwar nicht immer geteilt wurden, aber auch nicht widerlegt werden konnten. Ich versuchte beide Parteien zu beruhigen.

Dabei erinnerte ich mich an eine humorvolle Empfehlung von Renate Holland-Moritz, einer bekannten Autorin des „Eulenspiegels", zum Umgang mit Besser-Wessis in ähnlichen Situationen.

Freundlich und mit geheucheltem Respekt stellte ich sinngemäß die Frage: „Finden Sie nicht auch, dass manche Leute nur durch politische Imponderabilien zu ihrer Inauguration gelangt sind?"

Unser Kleinunternehmer mit der dicken Geldbörse war nicht unbeeindruckt und stimmte verlegen nickend zu, als ich ihn Zustimmung erheischend anblickte. Damit war der Wessi-Ossi-Dialog mit den konträren Ansichten zur deutschen Einheit diesmal schnell beendet.

Etwas später, kurz vor der abendlichen Show, fragte mich in kleiner Runde unsere Berlinerin, was eigentlich meine Frage beinhaltete. Grinsend gestand ich:

„Das weiß ich auch nicht so genau. Da müssen Sie Renate Holland-Moritz fragen. Sie hat die Frage an selbstgefällige Besser-Wessis in ‚Ossis, rettet die Bundesrepublik' empfohlen."

In unserem Fall hatte es funktioniert. Da waren wir uns einig. Unsere korpulente Dame aus Bayern fügte kichernd noch hinzu:

„Dem haben wir es aber gegeben."

Wir? Waaaaahnsinn! (Der markanteste Ausruf aus der Wendezeit.) Wir hatten an unserem Tisch eine Ossi-Sympathisantin aus Bayern gewonnen, mit der wir in der Folgezeit meist zu viert einträchtig viele gemeinsame erlebnisreiche Stunden an Bord verbrachten.

Dank unerwarteter bayrischer Unterstützung sprang ich diesmal mit geschwellter Brust aus der Schattenseite ins Licht. In diesem Fall stimmte es mich optimistisch, dass man so einfach Leute aus dem südwestlichen Landesteil imponieren und sogar gewinnen kann für den gemeinsamen schwierigen Weg in eine bundesdeutsche Einheit. Der Schattenspringer hatte dazugelernt.

Die provokanten Reaktionen einiger Westler führten bei mir allmählich zu der Vermutung, dass unsere Landsleute aus den alten Bundesländern sich künftig als die Sorgenkinder erweisen können, wenn sie stoisch in ihrer althergebrachten Westalgie verharren.

Unterschiedliche Herkünfte, Erfahrungen und Auffassungen können aber auch Ausgangspunkt für andauernde Kreuzfahrtfreundschaften sein, selbst wenn die erste nähere Bekanntschaft nicht unbedingt harmonisch und konfliktfrei verlaufen muss.

Zu einer solchen noch immer andauernden Freundschaft entwickelte sich eine Tischrunde auf einer Kreuzfahrt mit der MS DEUTSCHLAND.

Feste Plätze beim Abendessen im Bordrestaurant an einem runden Tisch für sechs bis acht Personen bieten insbesondere für Einzelreisende die Möglichkeit, Menschen aus unterschiedlichen Landesteilen kennenzulernen und sich mit ihnen auch über gesellschaftliche und politische Ansichten auszutauschen. (Die „Runden Tische" in der Wendezeit waren so ein Symbol respektvollen Miteinanders.)

Ein runder Tisch für sechs Personen im Restaurant „Berlin" auf der „MS Deutschland" war für mich so ein Ausgangspunkt für eine anhaltende Reisefreundschaft mit Bewohnern aus unterschiedlichen Bundesländern.

Nach einem zögerlichen typisch norddeutschen Bekanntmachen kam es an dem mir zugeordneten Tisch bald zu aufgeschlossenen Gesprächen über „Gott und die Welt", wie man ganz allgemein sagt. Frau Kernass, eine couragierte Handwerkerwitwe aus Hamburg, lenkte in ihrer derben resoluten Art zumeist die Diskussion auf interessante widersprüchliche Themen. Am Tisch ging uns nie der Gesprächsstoff aus.

Manchmal setzen wir die Unterhaltung dann in einer ruhigen Ecke im „Alten Fritz" fort. Mit Blick auf den südlichen Sternenhimmel und das Blinken der Leuchttürme auf den fernen Inseln. Im Ohr das beruhigende Rauschen des Meeres.

In einer solchen romantischen Karibiknacht erzählte Frau Kernass aus ihrem aufopferungsvollen arbeitsreichen Leben als Frau eines selbständigen Handwerksmeisters in Hamburg.

Irgendwie kam dann auch das Ost-West-Thema zur Sprache. Frau Kernass verglich ihr Leben mit dem ihrer Cousine in Rostock, die als Lehrerin tätig war und nach Ansicht von Frau Kernass im Osten ein weitaus leichteres Leben geführt hatte. Jetzt sollte ihre Cousine aber auch nicht ständig über den unterschiedlichen materiellen Wohlstand jammern. Frau Kernass einfache Schlussfolgerung hierzu lautete:

„Ich war ja auch mein ganzes Leben fleißig."

Sollte das heißen, ihre Cousine hat als Lehrerin im Osten jahrelang eine ruhige Kugel geschoben?

Sowohl als ehemaliger Lehrer als auch als Ossi fühlte ich mich irgendwie angesprochen. Zum einen gingen mir die dummen Bemerkungen des Altbundeskanzlers Schröder über die faulen Lehrer durch den Kopf. Zum anderen störten mich die einseitigen Ansichten über die Ursachen für den unterschiedlichen materiellen Wohlstand in West und Ost sowie die Akzeptanz anderer Lebenswege so viele Jahre nach der Wende.

Sichtbar erregt, mit Schweißperlen auf der Stirn und zittrigen Händen überwand ich mich diesmal und versuchte, vielleicht ein wenig zu mimosenhaft, meine Betroffenheit zum Ausdruck zu bringen:

„Wollen Sie damit sagen, dass ich faul war. Ich habe viele Jahre als Lehrer im Osten gearbeitet und mich nebenbei qualifiziert bis zur Lehrbefugnis an der Universität. Trotzdem besitze ich höchstwahrscheinlich nur einen Bruchteil Ihres materiellen Wohlstandes. Liegt es etwa daran, dass ich nicht fleißig genug war?"

Erschrocken blickten mich meine Tischnachbarn an.

„Herr Rose, das war doch nicht persönlich gemeint", versuchte Frau Kernass mich sichtlich bedrückt zu beschwichtigen.

„Auch wenn es nicht persönlich gemeint ist, fühlt man sich als ehemaliger DDR-Bürger bei solchen Äußerungen angesprochen", entgegnete ich.

Frau Löhrg und Frau Lyrl, die beiden langjährigen Freundinnen von Frau Kernass, versuchten in ihrer mütterlichen Art mich ein wenig zu beruhigen, was ihnen auch nach kurzer Zeit gelang.

„Unsere Freundin ist manchmal etwas hart in ihrer Einschätzung. Aber sie meint es nicht so."

„Und gegen Sie ging das schon gar nicht. Wir verstehen uns doch hier so prima", ergänzte Frau Kernass mit ungewohnt treuherzigem Blick.

Damit war das Thema für uns vorerst ad acta gelegt. Zwei Fischköppe aus Hamburg und MV hatten sich auf ihre Art verständigt und konnten nun wieder ungetrübt in norddeutscher Eintracht den Abend in der Karibik genießen.

Bei der Verabschiedung zu später Stunde flüsterte mir Frau Löhrg zu, ich möchte doch am nächsten Tag mal kurz mit einer Tasche zu ihr in die Kabine kommen. Ich konnte mir nicht vorstellen, warum ich eine Tasche mitbringen sollte.

Am nächsten Vormittag entdeckte ich Frau Löhrg in einem Liegestuhl auf Deck 8. Ich ging zu ihr und zeigte unauffällig auf meine Tasche. Ich hatte die Badetasche aus meiner Kabine mit der Aufschrift „Deutschland" mitgenommen. Wir gingen in ihre Kabine. Dort überreichte sie mir zwei Flaschen Champagner mit den Worten:

„Das sind die Flaschen, die wir immer zur Begrüßung an Bord bekommen. Ich trinke seit meiner Jugend keinen Alkohol. Vielleicht können Sie damit die Diskussion von gestern Abend besser abhaken."

Ein ehrlich gemeintes Hilfsangebot aus dem Westen für den Osten, wie mir schien, das ich gern annahm. Da passte sogar die Tasche mit der Aufschrift „Deutschland".

Hürden in den Köpfen können überwunden werden, wenn vorbehaltlos und aufrichtig über unterschiedliche Lebenswege in Ost und West miteinander gesprochen wird. Dazu brauchen wir keine unbelehrbaren Richter, keine voreingenommenen Besserwisser mit einer Geldbörse anstelle eines Herzens und keine selbstgefälligen Wegweiser aus dem einen Teil Deutschlands, die uns ihre eigene Sicht überstülpen wollen, die uns sagen und werten, wie wir gelebt, gelacht, geliebt, gelitten haben und die uns mit erhobenem Zeigefinger die Richtung weisen.

Uns helfen aber auch keine mit ergebenem Blick jammernden und klagenden, nur auf Versprechen wartenden bzw. den falschen Versprechern Gehör schenkenden Bundesbürger aus dem anderen Teil Deutschlands.

Wir müssen einander zuhören und auf gleicher Ebene über unsere Erfahrungen und Probleme reden und wir sollten kritischer mit den Meinungen in den Medien umgehen.

Die wahrgenommenen Dissonanzen können vielleicht mit dem Hören, dem Zuhören oder gar mit dem Gehör zusammenhängen. Auf jeden Fall spielen die Ohren eine entscheidende Rolle.

Bereits im deutschen Schlager der 60er Jahre spielten die Ohren in Ost und West eine humorvolle Rolle. Im Westen sang Gus Backus von den „Bohnen in den Ohrn", die man hatte oder sich hineinstecken sollte. Das galt ausdrücklich auch für Beamte und Lehrer.

Im Osten wurde man trotz „Mondesklaps und Sternenstich" sogar geliebt, wenn man „einen kleinen Mann im Ohr" hatte. So ist es zumindest dem Songtext aus dem Defa-Film „Der Mann mit dem Objektiv" – gesungen von Micaela Kreyssler und Rolf Ludwig – zu entnehmen.

Heute denkt man eher darüber nach, auf welcher Seite man den kleinen Mann oder die Bohnen eigentlich in den Ohren hatte. Auf der linken oder auf der rechten Seite?

Wo der kleine Mann im Ohr, der die Richtung vorgab, bei den ostdeutschen Landsleuten saß, glaubte natürlich jeder zu wissen.

Auf welcher Seite so einige Bewohner im westlichen Teil Bohnen in den Ohren hatten, darf man nur vermuten.

Erst kürzlich stellte meine HNO-Ärztin fest, dass ich auf dem rechten Ohr immer schlechter höre. (Sitzt da immer noch der kleine Mann?) Die Ärztin empfahl mir eine Operation in Erwägung zu ziehen. Seitdem bewegt mich die heikle Frage:

Will ich überhaupt auf dem rechten Ohr besser hören?

Vielleicht wären alle Dissonanzen viel schneller überwunden, wenn alle sich bemühen würden, gemeinsam aus einem geteilten **Scherbenhaufen** ein vereinendes **Mosaik** zu machen, wie es in einem gegenwärtig aktuellen Schlager von Andrea Berg heißt.

Erst nach einigen Kreuzfahrten hat sich bei mir das Gefühl ausgeprägt, dass harmonische Gespräche an Bord und gemeinsame Unternehmungen noch nachhaltiger zu unvergesslichen Kreuzfahrterlebnissen beitragen.

Leider sind bei Luxuskreuzfahrten Tendenzen zur freien Platzwahl in den Restaurants, ohne feste Tischzeit und überwiegend an Zweiertischen nicht förderlich für Gemeinsamkeiten, die aber gerade für die älter werdenden Kreuzfahrer so wichtig sind.

Vielleicht rühren meine Vorstellungen aus einer vergangenen anderen Zeit, als noch ein innigerer Zusammenhalt der Menschen untereinander bestand.

Dennoch bewegen mich nach dreißig Jahren deutscher Einheit die Fragen:

„Warum muss ich immer noch ein Ossi sein?"
und
„Wann kann ich als angeborener Schattenspringer endlich unbedenklich den Sprung in den Westen betrachten?"

Lüsterne Lady bezirzt
verknöcherten Junggesellen

Diesmal hatte ich mich bei der Wahl meiner Kabine auf der MS „Deutschland" wohl selbst übertroffen. Steuermann-Deck. Kabine 4009, die letzte am Ende des Ganges, backbord. Gleich dahinter nach einer Biegung der Übergang zur Steuerbord-Seite. Ein kurzer Weg zum Fahrstuhl. Leicht zu finden bei nächtlicher Rückkehr. Ausgesprochen ruhige Lage. Wahrnehmbare Geräusche nur von einer Seite. Geräumiger Wohnbereich mit abgeteiltem Schlafraum. Beste räumliche Voraussetzungen für eine erlebnisreiche Kreuzfahrt.

Wie ich bei der obligatorischen Rettungsübung am ersten Tag mitbekommen hatte, reiste in der Nachbarkabine nur eine einzelne Dame älteren Semesters.

Ich hatte drei vielversprechende Teile einer Welt-Reise gebucht.

Der zweite Teil dieser Reise nannte sich „Der betörende Duft Indiens". Wie sich bald herausstellte, konnte ich „Indien" auch weglassen, ohne die Erinnerung an diese „betörende" Reise zu mindern.

Auf Port Blair – dem ersten Stopp – war allerdings von einem betörenden Duft noch nichts zu spüren. Die Süd-Andaman-Insel mit Port Blair ist eine der 300 Koralleninseln im Golf von Bengalen. Port Blair ist die Hauptstadt der Andamanen und gehört zu Indien. Bekannt ist Port Blair vor allem als frühere Strafkolonie, die wir bei einem Rundgang besichtigten und deren modriger Geruch mir noch einige Zeit in der Nase haftete.

Zurückgekehrt in meine luxuriöse Kabine und noch tief beeindruckt von der Besichtigung des berüchtigten Gefängnisses mit seinen fast 700 Zellen, jedoch nicht vom Mief hinter den Gefängnismauern, bereitete ich mich frohgelaunt auf das gemeinsame Abendessen an Bord vor.

Als ich beim Verlassen meiner Kabine die Tür ein bisschen zu geräuschvoll zudrückte, kam mir ein angenehmer Duft entgegen. Ich tippte auf Chanel Nr. 5. Den Duft kannte ich von meiner Mutter. Sie drückte meist auch mehr als nötig auf den Sprühknopf.

Im selben Moment erkannte ich, dass die Tür zur Nachbarkabine nur angelehnt war. Als ich mich unmittelbar vor der Tür befand, wurde diese leise von innen nur einen Spalt breit geöffnet. Hinter der Tür erkannte ich meine Kabinennachbarin. Ihr Anblick überraschte mich. Sollte mich durch den betörenden Duft von Chanel nun auch dieser Anblick betören? Er tat es mitnichten. Das deutlich erkennbar fortgeschrittene Semester stand nur mit BH und spärlichem Slip bekleidet in der einen Spalt breit geöffneten Tür. Als sie mich sah, schmunzelte sie etwas verlegen und ging einen Schritt zurück in ihre Kabine, ohne die Tür jedoch vollständig zu schließen.

Verunsichert ging ich Richtung Fahrstuhl. Ich wagte kaum, mich umzudrehen. Erst im Fahrstuhl atmete ich erleichtert auf. Das kann ja *heiter* werden, dachte ich. Aber *aufregend* wäre vielleicht das bessere Wort. Wohlgemerkt nicht *erregend*. Jedenfalls für mich NICHT.

An den beiden folgenden Tagen bemühte ich mich, meine Kabinentür stets fast geräuschlos zu schließen. Vorsichtig schlich ich mich an der Nachbarkabine vorbei. Kein Chanel-Duft auf dem Gang. Keine geöffnete Tür. Der Spuk war also vorbei. Schnell befand ich mich wieder in meiner ungetrübten Urlaubslaune.

Zu früh gefreut!

Auf dem Weg zum abendlichen Diner öffnete sich am dritten Tag erneut die Tür meiner Nachbarkabine. Diesmal ließ mich die alternde Lady einen Blick auf ihr Dekolleté werfen. Wollte sie ihre Reize, die mich beim ersten Anblick schon nicht betört hatten, noch verstärken? Da hatte sie sich jedoch in mir getäuscht. Mit ihrem hängenden Busen konnte sie mich keineswegs bezirzen.

An diesem Abend gab ich mir große Mühe, unbeeindruckt an der geöffneten Tür vorbeizuschlendern. Bloß kein Interesse zeigen. Verletzen wollte ich die zeigefreudige Dame aber ebenso wenig. Schließlich bin auch ich kein taufrischer Junggeselle mehr. Ein verknöcherter Junggeselle aber wohl doch auch nicht. Oder?

Es brannte mir auf der Zunge, mich mit jemandem über meine seltsamen Begegnungen auszutauschen.

Während des Desserts beim Abendessen konnte ich es nicht mehr an mich halten. Mit der Frage: „Was halten Sie davon, wenn eine Dame älteren Semesters sich entblößt in der Tür ihrer Kabine zeigt, sobald ich auf dem Gang erscheine?" Sofort hatte ich die Aufmerksamkeit aller auf mich gezogen. Schmunzelnd und amüsiert schauten mich die Männer am Tisch an. Die Frauen blickten eher entsetzt bis unverständlich, hielten sich aber mit ihren Vermutungen vornehm zurück.

Ein sehr aufgeschlossenes temperamentvolles Ehepaar in meinem Alter, das seinen ersten Hochzeitstag in zweiter Ehe am Anfang dieser Reise gefeiert hatte und immer zu Scherzen aufgelegt war, spekulierte wild über die betörenden Absichten der duftenden „reizenden" Exhibitionistin.

Nach einigen scherzhaften und schlüpfrigen Vermutungen, die uns alle erheiterten, machte das Ehepaar einen spaßigen Vorschlag.

„Wir schleichen uns nachher ganz leise in Ihre Kabine. Nach ein paar Minuten verlässt einer von uns deutlich hörbar Ihre Kabine und geht frohgelaunt in Richtung Fahrstuhl. Sollte sich die Tür der Nachbarkabine öffnen, hustet der Vorbeigehende vernehmlich. Dann erst verlassen wir anderen die Kabine und folgen ihm mit etwas Abstand. Das wird ein Spaß."

Erwartungsvoll auf leisen Sohlen begaben wir uns nach dem Essen zu fünft – die beiden Ehepaar aus unserer Tischrunde und ich – wie abgesprochen in meine Kabine. Dort angekommen, vernahmen wir nebenan Geräusche. Die lüsterne Lady war also in ihrer Kabine. Die Geräusche kamen uns allerdings etwas merkwürdig vor. Angespannt lauschten wir. War das nicht ein Juchzen? Jetzt ein Stöhnen! Flüsternd spekulierten wir über unsere frivolen Gedanken. Der Schalk saß uns im Nacken. Aber nicht der mit dem Doppelnamen. Auf dessen Begleitung hätte ich keinen großen Wert gelegt, obwohl sein hintergründiges Wirken vielleicht eine Bereicherung hätte sein können. Um uns in unseren Fantasien zu bremsen, schlug eine der Ehefrauen vor:

„Wir sollten jetzt meinen Mann auf den Gang schicken. Er kann sich gut verstellen in solchen Situationen. Dabei ist er oft sehr witzig. Wir können ihn als Lockvogel schicken."

Alle waren einverstanden. Das Abenteuer konnte beginnen. Wir warteten noch einen Moment. Dann begab sich unser Lockvogel auf den Gang. Absichtlich etwas geräuschvoller imitierte er das Zuschlagen der Kabinentür. Gespannt lauschten wir. Hörten aber nur die Schritte unseres Lockvogels und sein fröhliches Pfeifen. Kein Husten wie verabredet. Nichts passierte. Lautlos kehrte unser Lockvogel, nachdem er mehrmals geräuschvoll an der Nachbarkabine vorbeigeschlendert war, in meine Kabine zurück. Flüsternd einigten wir uns darauf, den frivolen Anblick ein weiteres Mal zu provozieren. Vielleicht hatte die lüsterne Lady entdeckt, dass etwas mit dem Lockvogel nicht gestimmt hatte. Etwas, was nicht zu mir passte. Also durfte ich demzufolge jetzt den Zu-Betörenden mimen. Doch auch mein aufmerksam verfolgter Auftritt bescherte uns nicht die erwartete Reaktion. Enttäuscht von dem entgangenen Spaß, aber aufgekratzt von unseren illustren Fantasien warteten wir auf den Fahrstuhl, der uns zur munteren Auswertung unseres verpassten Abenteuers in den „Alten Fritz" bringen sollte.

Kurz vor dem Betreten des Fahrstuhls raunte uns Frau Kalau zu:

„Pssst! Dreht euch mal unauffällig um."

Wir bekamen gerade noch mit, wie ein Mann vorsichtig die Kabine meiner umtriebigen Nachbarin in die entgegengesetzte Richtung verließ, vorbei an meiner Kabine.

Nach dem geheimnisvollen Flüstern in der Kabine und auf dem Gang wurden unsere Zungen bei einem kleinen Umtrunk im „Alten Fritz" wieder lockerer.

Die Männer lästerten.

„Na Herr Rose, da ist Ihnen wohl jemand zuvorgekommen."

„Den alten Herren können Sie aber noch ausstechen." Die Frauen hingegen beruhigten mich.

„Jetzt können Sie wieder ungestört Ihre Kabine verlassen."

„Sie waren nicht das Objekt der Begierde."

„Die Sache ist geklärt."

War sie das wirklich? Ich glaubte noch nicht so ganz daran. Und ich sollte Recht behalten.

Zwei Tage später. Wieder kurz vor dem Abendessen eilte ich gedankenverloren, den betörend Duft gar nicht registrierend, den Gang entlang. Wieder öffnete sich besagte Tür. Wieder die spärlich bekleidete Dame. Als ich fast auf Augenhöhe war, blinzelte sie etwas verstört mit den Augen. Geheimnisvoll hielt sie den Finger der linken Hand vor den Mund, während sie mit dem rechten Daumen hinter mich wies. Ich drehte mich ahnungslos um. Um die Ecke kam auf leisen Sohlen mit Sicherheit, wie ich sofort schlussfolgerte, ihr heimlicher Liebhaber. Es war derselbe Herr wie bei unserem letzten Beobachtungsfeldzug. Als er mich sah, zuckte er kurz zusammen. Er schien zu überlegen, ob er einfach, kein Interesse zeigend, an uns vorbeigehen oder wie selbstverständlich das Gemach der lüsternen Lady betreten sollte. Geistesgegenwärtig legte jetzt ich meinen Zeigefinger vor die Lippen und nickte ihm aufmunternd, meine Verschwiegenheit andeutend, zu.

Ohne mich noch einmal umzudrehen, verließ ich den betörend duftenden Gang mit einem angenehmen Gefühl.

Das betagte Liebespärchen schien sich immer dann zu treffen, wenn die anderen Reisenden beim Abendessen weilten. Meine Beobachtungen und Vermutungen behielt ich diesmal für mich.

Als gewohnter Schattenspringer schien es mir in dieser Situation eher angebracht, auch weiter im Schatten zu agieren und die sonnigen Begegnungen anderer nicht zu stören.

Abenteuer Brasilien &
Geheimnisvolles Amazonien

Die erste Bekanntschaft mit Brasilien und dem Amazonas machte ich bereits Mitte der neunziger Jahre im Rahmen einer Rundreise. Die Reise stand unter dem vielversprechenden Motto „Höhepunkte Brasiliens".

In kleiner Reisegruppe führte uns die Rundreise von der afrikanisch geprägten geschichtsträchtigen Stadt Salvador de Bahia über die monumentale architektonisch moderne Hauptstadt Brasilia zum geheimnisvollen Amazonas und zu den atemberaubenden gigantischen Wasserfällen von Igazu. Von dort ging es zum legendären brasilianischen Karneval nach Rio de Janeiro.

Auf der gesamten Reise wurden unsere Eindrücke geprägt sowohl durch beeindruckende Schilderungen dramatischer historischer Ereignisse bzw. unvergessliche Beobachtungen atemberaubender Naturschauspiele als auch durch persönliches Erleben unerwarteter prekärer Unterschiede in den Lebensverhältnissen der Brasilianer.

In Salvador de Bahia erfuhren wir von unserem brasilianischen Reiseleiter bei einem Stopp unseres Kleinbusses im Zentrum der Stadt, dass im 16. Jahrhundert der portugiesische Eroberer Coutinho von Indios getötet und anschließend auf einem Fest verspeist wurde.

Wir hatten die gruselige Geschichte noch gar nicht ganz verdaut und wollten schnell noch ein Foto von dem legendären Ort des Geschehens machen, als wir selbst Opfer merkwürdiger Vorgänge wurden.

Nach Ansicht des Reiseleiters sollten wir den Bus nicht verlassen und die Fotos vom Bus aus machen, was natürlich einiges Unverständnis bei uns hervorrief, insbesondere bei unseren Kameraspezialisten. Wir fügten uns jedoch und öffneten nur die oberen kleinen verschiebbaren Fensterluken, um die Objektive der Kameras ein wenig nach außen zu halten.

Mein Sitznachbar war noch ganz konzentriert auf der Suche nach dem bestmöglichen Motiv, als ein unauffälliger Jugendlicher vor unserem Busfenster von unten hochsprang, die Kamera in Sekundenschnelle geschickt an sich riss, blitzschnell davonrannte und in der Menschenmasse verschwand.

Alles ging so rasant, dass mein Fotograf gar nicht begriff, was geschah, und am Boden nach seiner Kamera suchte. Unser Busfahrer hatte es allerdings längst bemerkt. Er gab Gas und verließ den abenteuerlichen Ort historischer und gegenwärtiger schockierender Ereignisse.

Wir unbedarften Touristen brauchten noch einige Zeit, um uns an die wohlgemeinten Hinweise zur eigenen Sicherheit zu gewöhnen und sie auch ohne Murren zu berücksichtigen.

Dennoch blieb es nicht nur bei diesem einen materiellen Verlust in unserer kleinen Touristengruppe, wie sich am Ende der Reise erschreckenderweise herausstellte.

Was aber zählen in der Erinnerung Verluste wie eine billige Kamera, eine Badetasche oder ein paar Cruzeiros gegenüber dem bleibenden Gewinn an unvergesslichen Eindrücken von der Natur und den Menschen im fernen Brasilien? Abenteuer bergen, wie man schließlich weiß, immer auch Gefahren in sich.

Die ersten unliebsamen Konfrontationen mit den gegenwärtigen sozialen Konflikten und ihren Auswirkungen in einer südamerikanischen Großstadt rückten bald wieder in den Hintergrund. Sie wurden verdrängt von den außergewöhnlichen Erlebnissen im geheimnisumwobenen Amazonasgebiet. Der Name dieses Gebiets wird auf die legendären Amazonen zurückgeführt. Von den Amazonen hieß es, dass sie ein Frauenvolk waren. Nur wenige Tage im Jahr würden sie Männer benachbarter Stämme zu sich lassen. Lediglich die Mädchen dieser Vereinigungen wurden dann von den Frauen großgezogen. Die Jungen schickten sie zu ihren Vätern. In anderen Erzählungen töteten die Amazonen sogar die Jungen.

Unser Aufenthalt im Amazonasraum war für uns beinahe ebenso spektakulär.

Etwa drei Stunden von Manaus entfernt wohnten wir in einer Lodge inmitten von fast unberührtem Dschungel. Umgeben von Flüssen, Seen und winzigen Inseln. Wir übernachteten in kleinen Dschungel-Bungalows, die am Wasserrand auf hölzernen Stelzen mit Blick zum Rio Negro gebaut worden waren. Wir hatten sogar eine Hängematte auf unserer mit Fliegengitter geschützten Veranda.

Die Lodge mitten in der Natur war außergewöhnlich und sehr komfortabel! Alles war an die Natur angepasst gestaltet.

Am Tag durchstreiften wir weitab von der Zivilisation den Dschungel. Wir bewunderten die farbenfrohen Blüten der Tropenbäume und die schillernden Raupen. Uns wurde gezeigt, wie man lebenswichtiges Trinkwasser aus Lianen gewinnt. Bei dem schweißtreibenden feuchten und warmen Klima mundete es vorzüglich.

Die weiteren wenigen Aufenthaltstage enthielten solche außergewöhnlichen Aktivitäten wie Piranha-Angeln, Besuch eines Ureinwohner-Dorfes und seiner indigenen Bewohner bzw. Rosa-Delfin-Watching oder Kayman-Beobachtungen. Man bemühte sich, keine Langweile bei uns aufkommen zu lassen, da es außer der Lodge sonst in unmittelbarer Nähe keine anderen Orte für individuelle Unternehmungen gab.

An einem späten Nachmittag fuhren wir in zwei kleinen Booten mit Außenbordmotor zum Angeln in umliegende Lagunen. Lautlos, den betörenden Geräuschen des Dschungels lauschend, ließen wir uns durch enge Dschungelkanäle und überflutete Wälder geruhsam zu einem kleinen Seitenarm des Flusses treiben, der angefüllt war mit hungrigen Piranhas. Wir besaßen zwar keine richtigen Angeln. Doch ein mitgenommener Ast aus dem Dschungel und ein vorbereiteter einfacher Haken mit Köder an einer Angelsehne reichten völlig aus. Wer dabei etwas Geschick bewies, hatte innerhalb von Minuten einen Piranha an der Angel. Wir wussten auch, dass Piranhas gefährlich sind. Das spürten wir gleich beim ersten Biss. Als ein besonders großer Piranha an der Angel meines Vordermanns hing, wollte er ihn vom Haken nehmen. Da plötzlich, im Bruchteil einer Sekunde, hatte der Piranha zugebissen. Zum Glück erwischte er nur ein Stück von der provisorischen Angel. Er biss sie durch und verschwand mit dem abgebissenen Stück. Es hätte auch ein Finger sein können.

Natürlich hatte ich mehr Glück beim Angeln. An meiner Rute zappelte ein besonders prächtiger Piranha. Nur mit Hilfe unseres Bootsführers konnte ich ihn ins Boot befördern. Gekonnt entfernte ein einheimischer Gehilfe den Angelhaken aus dem Maul des Fisches und warf den Piranha zurück ins Wasser. Ich schaute ehrfürchtig zu. Meine Finger waren mir wichtiger.

Angesichts der sinkenden Sonne und wahrscheinlich um weitere Piranha-Angriffe zu verhindern, drängte unser Bootsführer zur Heimfahrt.

Doch was war das? Mehrmals versuchte er, den Außenbordmotor zu starten. Vergebens. Wasser- und Schlingpflanzen hatten sich um die Motorschraube verheddert. Unser zweites Boot entfernte sich immer weiter. Uns war nicht ganz wohl zumute. Wir hatten große Mühe, das andere Boot auf uns aufmerksam zu machen. Schließlich konnten wir es zur Rückkehr zu uns bewegen.

Beiden Bootsführern gelang es jedoch nicht, den Motor wieder flott zu machen. Umgeben von hungrigen Piranhas scheuten sich selbst die erfahrenen einheimischen Bootsführer davor, ins Wasser zu greifen, um den Motor von den Wasserpflanzen zu befreien. Uns blieb nichts anderes übrig, als dem langsam vorausfahrenden zweiten Boot mit Paddelschlägen zu folgen.

Die zunehmende Dunkelheit ließ unsere Abenteuerlust merklich sinken. Jetzt wirkte der anscheinend undurchdringliche Dschungel fast bedrohlich auf uns. In Ufernähe sahen wir plötzlich etwas Augenähnliches aus dem Wasser ragen. Es waren Kaimane, wie uns gesagt wurde. Wahrscheinlich Brillenkaimane. Sie liegen häufig getarnt im Wasser. Dann ragen nur noch ihre Augen hervor. Mit ihren auffallend großen Augen beobachten sie ihre Beute. Wie alle Krokodile haben ihre Augen eine senkrechte Pupille. Diese können sie stark erweitern. Dann fällt mehr Licht ins Auge. Somit ist der Kaiman gut ausgestattet, um nachts oder in der Dämmerung zu jagen.

„Menschen gehören nicht zur Beute dieser Kaimane", versuchte uns unser Ausflugsbegleiter zu beruhigen. Ob ihm das gelang, wage ich zu bezweifeln angesichts der vielen funkelnden angriffslustigen Augenpaare am Ufer. Meine innere Unruhe jedenfalls wuchs. Diese Echsen hatten immerhin fast zweieinhalb Meter Länge.

Ohne uns dem Ufer weiter nähern zu müssen, entfernten wir uns angstvoll und so ruhig wie möglich dem unheimlichen Treiben. Nach kurzer Zeit erblickten wir in überschaubarer Entfernung erleichtert aufatmend unsere beleuchtete Lodge.

Am Abend, als von der Beißertruppe der Piranhas und den Beutekaimanen kein Angriff mehr zu befürchten war, hatten wir an der Bar der Lodge in sicherer Entfernung zum Ufer reichlich Stoff für Fischerlatein über unser abenteuerliches Angeln im geheimnisvollen Amazonas. Als der Barkeeper mit breitem Lächeln uns einen Drink mixte, überlegten wir schon gar nicht mehr, ob der nun Piranha oder Caipirinha hieß.

Leicht beschwingt, aber etwas skeptisch suchte ich meinen auf Stelzen am Ufer gelegenen Bungalow auf, sah besorgt auf das vorbeiziehende Flüsschen, hielt Ausschau nach funkelnden Augen im Wasser und lauschte nach auffallenden Geräuschen. Vorsichtshalber schloss ich die Balkontür.

Von den ruhigen Wassern des Amazonas reisten wir am nächsten Morgen zu den spektakulären Wasserfällen von Igazu. Dieses echte Wunder der Natur erkundeten wir in einem Schnellboot. Diesmal ohne Motorschaden. Die dennoch adrenalingesteuerte Fahrt direkt unter einem Wasserfall in der tosenden Teufelsschlucht ließ dieses atemberaubende Naturschauspiel zu einem zweiten Höhepunkte dieser Brasilienreise werden.

Der krönende Abschluss der Reise sollte Rio de Janeiro sein. Wer träumt nicht von famosen Stränden an der Copacabana und in Ipanema, von einer Fahrt mit der Seilbahn auf den berühmten Zuckerhut oder von einer Auffahrt mit der Schienenbahn auf den Corcovado mit der Christusstatue? Vom Karneval in Rio natürlich auch. Meine touristischen Erwartungen erfüllten sich. Leider wurden sie gedämpft durch das persönliche Erleben der dramatischen Unterschiede in der sozialen Situation der Einwohner und deren Folgen für die arglosen Touristen, vor allem wenn sie wie ich aus dem gutgläubigen Osten Deutschlands kamen. Ein Bummel auf den touristisch geschützten Flanierbürgersteigen an der Copacabana oder in Ipanema war tagsüber bei gewisser Vorsicht durchaus möglich. Am Abend aber nicht mehr. Das kannte ich von Bulgarien oder der Krim nicht. Auch ich musste das schmerzhaft erleben.

Wir übernachteten im Sheraton Rio in sehr angenehmer Urlaubsatmosphäre. Das Hotel lag etwas abseits vom Trubel an einem Berghang mit schöner Aussicht auf Strand, Berg und Umgebung. Mit einem hoteleigenen Shuttle-Service konnte man bequem die Copacabana erreichen.

An einem schönen tropischen Abend verabredeten wir uns, in kleiner Gruppe einen gemeinsamen Restaurantaufenthalt in der Nähe der Copacabana zu verbringen.

Es war Karnevalszeit und einige unserer anderen Mitreisenden hatten Karten für die prächtige Parade der Sambaschulen im Sambodrom von Rio erworben. Für mich waren die Kartenpreise in Höhe von 250 DM zu der Zeit noch kaum erschwinglich.

Also speisten wir zu fünft in einem der kleinen „100 Gramm-Bistros" unweit der Flaniermeile. Nach dem Essen hatten wir bis zur Abfahrt des Shuttles noch ca. dreißig Minuten Zeit. Die beiden Ehepaare wollten noch ein wenig an der Promenade bummeln. Mich zog es eher in eine kleine Parkanlage in unmittelbare Nähe des berühmten Strandes. Also trennten wir uns mit der Absicht, uns an der Haltestelle des Shuttles zur nächsten Abfahrtzeit wieder zu treffen.

Als nach wenigen Minuten ganz plötzlich Gewitterwolken aufzogen und Blitze zuckten, stellte ich mich in Sichtweite der Haltestelle in einem größeren überdachten Hauseingang unter, der von einem Pförtner bewachte wurde. Neben mir suchten noch ein paar Einheimische Schutz vor dem urplötzlich einbrechenden Gewitterschauer.

So schnell, wie das Gewitter herangezogen war, verzog es sich auch wieder. Die Einheimischen machten sich wieder auf ihren Weg.

Ich hatte keine Eile und wollte langsam gerade die Unterstellmöglichkeit verlassen, als ein halbwüchsiger einheimischer Junge, kleiner als ich – bekleidet nur mit einer kurzen schwarzen Turnhose und Badelatschen –, auf mich zusteuerte. Mit dem Finger wies er auf meinen linken Arm. Unbedarft wie ich war, nahm ich an, er wolle die Uhrzeit wissen. Als ich ihm hilfsbereit und vollkommen ahnungslos meinen Arm mit der Uhr entgegenstreckte, zog er blitzschnell von hinten aus seiner Turnhose ein Messer und richtete es auf meine Hand. Ich dachte, er hätte es auf meine Uhr abgesehen. Wohlweislich hatte ich eine billige Armbanduhr umgebunden. Zitternd und auf das Äußerste erregt wollte ich das Armband lösen. Dazu kam es aber gar nicht mehr.

Plötzlich spürte ich einen schmerzhaften Stich in der Hand. Im gleichen Moment riss mir der Bengel kraftvoll die Brusttasche von meinem Hemd ab und stürmte mit dem Inhalt davon.

Entgegen allen vorausgegangenen Warnungen rannte ich hinterher. Warum? Die Frage kann ich mir bis heute nicht beantworten. Ich hatte doch nur ein paar kleine Scheine in brasilianischer Währung in der Brusttasche.

Doch ich kam nicht weit. Auf dem regennassen glitschigen Asphalt rutsche ich aus und schrammte mir die Haut von meinem rechten Unterarm auf. Erst jetzt bemerkte ich, dass der Messerstich in meiner linken Innenhand enorm blutete. Notdürftig versuchte ich, das Blut mit einem Taschentuch zu stoppen.

Vielleicht konnte mir der Pförtner in dem Hauseingang ein Pflaster oder eine Binde geben. Er musste den Überfall ja wohl von seiner Pförtnerloge aus mitbekommen haben.

Als ich mich der verschlossenen Glastür des Haueinganges näherte, fuchtelte er nur wild mit seinen Armen und bedeutete mir missmutig abzuhauen. Erst jetzt begriff ich meine Lage.

Den letzten Shuttle zum Hotel hatte ich inzwischen verpasst. Das Geld – zum Glück nur wenige Cruzeiros – und den Hotelausweis aus der entrissenen Brusttasche hatte der Dieb.

Aufgerissenes Hemd! Vom Sturz verschmutzte weiße Jeans! Blutende Hand und aufgeschlagener Ellenbogen! Mein Hotelausweis in der Hand von Dieben!

Ich hoffte nur noch darauf, dass man einem ausländischen Touristen in einem der zahlreichen Hotels entlang der Uferpromenade helfen würde. Doch da hatte ich die brasilianischen Verhältnisse nicht bedacht.

In der ersten Luxusherberge ließ mich der Portier erst gar nicht ins Foyer. Ich verstand kein Portugiesisch, er wollte weder Deutsch noch Englisch verstehen.

Im nächsten Hotel konnte ich gleich bis zur Rezeption vordringen. Dem Angestellten gab ich kurz auf Englisch zu verstehen, dass ich Tourist aus Deutschland sei und im Hotel Sheraton Rio wohne. Den Überfall versuchte ich ihm mit Mimik und Gestik zu demonstrieren. Er schien meine Situation verstanden zu haben und bat mich, meinen Namen aufzuschreiben. Danach fragte er: „Police or hotel?" Ich wollte nur schnell ins Hotel, bevor die Diebe mein Zimmer ausräumen, so meine Gedanken. Bloß keine Polizei.

Nach zwei kurzen Telefonaten kam ein Taxifahrer und brachte mich ins Hotel. Der Taxifahrer begleitete mich argwöhnisch zur Rezeption des Hotels Sheraton. Dort gab man ihm den Fahrpreis und mir den Zimmerschlüssel, nachdem mich meine noch im Foyer aufgeregt erwartenden Restaurantbegleiter „identifiziert" hatten. Der Preis für die Taxifahrt ging übrigens auf Kosten des Hotels.

Am nächsten Morgen unterrichtete ich unseren Reiseleiter über den abendlichen räuberischen Überfall an der Copacabana. Bei der Gelegenheit erfuhr ich dann auch, dass ich nicht der Einzige aus unserer Gruppe war, der mit der Kleinkriminalität persönlich Bekanntschaft machen musste.

Einer Dame hatte man in einem Straßencafé in Ipanema eine Kette vom Hals gestohlen. Ein Ehepaar vermisste an einem öffentlichen Strand nach einem Bad seine Badetasche samt Inhalt. Komisch, dass niemand in der Gruppe zuvor darüber auch nur ein Wort verloren hatte.

Wahrscheinlich war es allen peinlich, überrumpelt worden zu sein. Jeder wollte das unliebsame Vorkommnis für sich behalten, vor anderen geheim halten. Aus welchen Gründen auch immer.

Nicht nur die geheimnisvolle Natur Amazoniens hatte uns verwirrt, sondern auch die Abenteuer brasilianischer Großstädte wie Bahia oder Rio der Janeiro!

Fünfzehn Jahre später. Ich hatte die Vorzüge von Kreuzfahrten für einen Schattenspringer, wie ich es bin, für mich entdeckt und schon mehrmals ergiebig genossen, als ich das Kreuzfahrtangebot der MS DEUTSCHLAND las. „Geheimnisvolles Amazonien" von Manaus nach La Guaira/Caracas in Venezuela. Das Angebot reizte mich.

Sofort erinnerte ich mich an den erlebnisreichen, leider viel zu kurzen Aufenthalt im Amazonasgebiet vor einigen Jahren. Auch das Klima im Regenwald war mir und meiner Haut dort gut bekommen. Zudem konnte ich bei dieser Kreuzfahrt weitere von mir noch nicht bereiste Länder und Orte kennenlernen.

Die Kreuzfahrt begann in Manaus. Am Vormittag nach der Einschiffung nahm ich an einer Stadtrundfahrt durch Manaus teil. Sie frischte Bilder und Informationen auf, die mir seit Jahren im Gedächtnis haften geblieben waren. Während der Stadtrundfahrt besichtigten wir zunächst das bekannte Opernhaus im Renaissance Stil, das Ende des 19. Jahrhunderts erbaut wurde. Wir bewunderten den bemalten Vorhang mit dem Bild „Treffen des Wassers", den aus Amazonas-Holz gefertigte Parkettboden und die mit 36.000 importierten Keramikkacheln verzierte Kuppel. Ende der 1980er Jahre war eine komplette Sanierung des Opernhauses durchgeführt worden. Im März 1990 wurde die Oper mit einem Gastspiel von Placido Domingo wiedereröffnet. Diesen Startenor konnten wir zwar nicht bewundern. Ein fast ebenbürtiger Ersatz und zugleich Höhepunkt dieser kurzen Besichtigung war für mich der Auftritt eines Tenors aus dem Künstlerensemble der MS DEUTSCHLAND. Im Rahmen einer Akustikprobe durfte er uns Ausschnitte aus seinem Repertoire zelebrieren. Alle waren begeistert.

Weiter führte die Stadtrundfahrt zum Rio Negro Palast, wo der Präsident wohnt. Der Palast wurde 1903 für einen deutschen Kautschukherren erbaut. Doch einige Jahre später verkaufte dieser aus unbekannten Gründen das Haus an den brasilianischen Staat. Heute erstrahlt der Palast in einem pompösen Glanz. Vor allem die Gärten um das Gebäude herum waren sehenswert.

Zum Abschluss dieser Stadtrundfahrt schlenderten wir über den örtlichen Markt, wo wir einen kleinen Einblick in das Leben der Bewohner am Amazonas bekamen und viele regionale Produkte kennenlernten.

Da mich die Eigenarten und Lebensgewohnheiten der Bewohner fremder Länder zunehmend mehr interessierten als stundenlange Museumsbesuche, begab ich mich anschließend auf einen individuellen Stadtbummel durch das Stadtzentrum von Manaus, das vom Liegeplatz der MS DEUTSCHLAND bequem zu erreichen war.

In Manaus herrschte feucht-**tropisches** Klima. Das heißt, es war sehr heiß und die Luft unbeschreiblich feucht. In meiner Sonnenschutzbekleidung begann ich bald mächtig zu schwitzen. Da half auch das Schattenspringen nicht. Zur Abkühlung begab ich mich ab und zu in einen der kleinen klimatisierten Läden.

In einer Herren-Boutique, die mit „Sale" die Kunden zum Kauf animieren wollte, schaute ich mich geruhsam ein wenig länger um. Ein farbenfroher längsgestreifter Pulli und ein dezentes Hemd gefielen mir. Beide gab es in meiner Größe. Außerdem waren sie spottbillig und ich in Urlaubsstimmung und Kauflaune. Also beschloss ich, Pulli und Hemd mitzunehmen. Bei einer der lustlosen Angestellten bezahlte ich mit der Kreditkarte. Gelangweilt stopfte sie meine Schnäppchen in eine Plastiktüte. Als ich die Boutique wieder verließ, piepte es an der Tür. Völlig arglos und unbekümmert führte ich das Piepen auf die gerade neben mir eintretende neue Kundin zurück. Schließlich hatte ich meine Ware ja bezahlt!

Nach einem Erfrischungsdrink in einer Bodega ging ich froh gelaunt am Hafeneingang zur Pass- und Zollabfertigung. Eine uniformierte brasilianische Kontrolleurin bat mich energisch, die Plastiktüte auf das Band zu legen. Als es piepte, schaute sie missmutig in die Tüte. Sie sah mich streng und böswillig an, gab mir mit einer mir unverständlichen Bemerkung an ihren Kollegen die Tüte zurück und winkte unwirsch zum Weitergehen.

Wie kann man nur so gestresst sein, dachte ich. Ich war der Einzige weit und breit bei der Abfertigung.

Später in meiner Kabine packte ich meine Schnäppchen aus. Was war das? An meinem Pulli und dem Hemd waren ungewöhnliche große Plastiksicherungen angebracht. Erst jetzt fiel es mir wie Schuppen von den Augen, was das seltsame Piepen an der Ladentür und die Reaktionen beim Zoll eigentlich zu bedeuten hatte. Man musste mich nun wohl auch für einen Kleinkriminellen halten.

Bei meinem ersten Aufenthalt in Brasilien war ich das überraschte Opfer, nun galt ich als durchtriebener Täter! So schnell kann man in den Augen anderer ohne eigenes Zutun von einem bemitleidenswerten Opfer zu einem berechnenden Täter werden.

Kurz entschlossen versuchte ich, die direkten Hinweise auf die vermeintlich unrechtmäßig erworbenen Bekleidungsstücke zu entfernen. Ich drehte, riss an den Plastiksicherungen, trat mit dem Fuß darauf. Nichts half. Mir blieb nur noch die Schere. Vorsichtig schnitt ich die vermaledeite Diebstahlsicherung aus Hemd und Pulli. Übrig blieb ein nicht zu übersehendes Loch in beiden Bekleidungsstücken.

Die Freude an diesen „Schnäppchen" schlug in pure Verzweiflung und Wut um. So konnte ich weder Pulli noch Hemd an Bord tragen.

Und was sollte ich nach dem Entfernen mit den fast handflächengroßen Sicherungen aus Plast, Metall und Magnet machen? Im Papierkorb entsorgen ging nicht. Was sollten die Kabinenstewardessen denken? Im Hafen entsorgen kam ebenso wenig infrage. Womöglich fingen sie beim Landgang bei der Pass- und Zollkontrolle wieder an zu piepen. Im Moment war ich ratlos. Zumindest die Löcher wieder zuzunähen, nahm ich mir vor, damit ich die Kleidungsstücke überhaupt anziehen konnte.

Nach einer unruhigen Nacht suchte ich mir zur Entspannung am nächsten Morgen einen schattigen Liegeplatz am Pool. Eine meiner einzelreisenden Tischnachbarinnen, Frau Modemann, winkte mir freundlich zu und bot mir eine freie Liege neben sich an. Wir kamen bald ins Gespräch und unterhielten uns prächtig. Sie erzählte mir, dass sie aus München komme und dort eine kleine Boutique für Damenmode betreibe. Bei der Gelegenheit bat ich sie um Nähzeug. Das Nähen wollte sie mir gern abnehmen. Ich befürchtete jedoch, dass sie als Boutique-Besitzerin die Herkunft der Löcher deuten könnte. Freundlich lehnte ich das Hilfsangebot ab.

Am Abend zog ich unbedacht meinen neuen „geflickten" Pulli an. Als ich das Nähzeug Frau Modemann zurückgab, schaute sie kritisch auf meinen Pulli. Mokant lächelnd, deutete sie auf das erkleckliche Resultat meiner mühevollen Nähkünste.

„Der Pulli steht Ihnen. Aber was haben Sie denn da unten herausgeschnitten? Ein Fleck war das doch wohl nicht?"

Jetzt musste auch ich über meine mehrfache Ungeschicktheit schmunzeln. Ungeschminkt berichtete ich ihr über meinen ehrlichen Schnäppchenkauf und die anhaltenden peinlichen Folgen. In unserem weiteren Gespräch fühlte ich, dass auch sie irgendwas bedrückte.

„Mit solchen belastenden Dingen kann man sich doch nicht eine Reise auf dem Amazonas vermiesen lassen. Die müssen über Bord! Ich begleite Sie dabei!", schlug Frau Modemann ganz konsequent vor.

Ich verstand nicht gleich, was sie meinte. Was sollte über Bord? Wobei wollte sie mich begleiten? Doch dann klärte sie mich auf. Mit spürbarer innerer Unruhe gestand mir die nach außen so gelassen wirkende Münchner Boutique-Besitzerin von ihrem persönlichen Anlass für diese Reise.

„Vor kurzem wurde ich geschieden. Mein Ex ist Direktor einer Bank in München. Er hatte schon einige Zeit ein Verhältnis mit einer viel jüngeren Angestellten. Ich hatte lange Zeit nichts gemerkt. Eine Trennung von meinem Ehemann war für mich unausweichlich. Die folgliche Scheidung hat mich sehr mitgenommen. Um zu beweisen, dass ich auch ohne diesen Kerl noch Freude am Leben haben kann, habe ich diese Reise gebucht. Außerdem will ich die Erinnerung an den Mistkerl für immer aus meinem Leben verbannen. Zum Zeichen der endgültigen Trennung habe ich mir gedacht, ich werfe meinen Ehering in die Weiten des geheimnisvollen Amazonas."

Jetzt begriff ich, was die betrogene Ehefrau unter Begleitung verstand: Wir unterstützten uns moralisch gegenseitig bei der Beseitigung unliebsamer Erinnerungsstücke fataler Irrtümer. Über einen geeigneten Zeitpunkt wollten wir uns später verständigen.

An einem der folgenden Abende saßen wir bei der „Ganz-in-Weiß-Party" am Pool und erfreuten uns an einer Showeinlage mit dem Entertainer Graham Bonney. Seine mitreisende Frau und Schwiegermutter saßen an einem Nachbartisch. Als er seinen Hit sang „Anneliese, ach Anneliese, warum bist du böse mit mir? Deinetwegen hab ich" „... und dann in den Fluss geschmissen", rief mir Frau Modemann über den Tisch unvermittelt zu:

„Herr Rose, das ist unser Zeichen. Heute machen wir es wahr."

Verblüfft und fragend sahen uns die anderen Mitreisenden an unserem Tisch an.

„Nicht, was Sie vielleicht denken", ergänzte Frau Modemann.

„Herr Rose und ich haben noch eine nur für jeden von uns beiden bedeutsame Aufgabe zu Ende zu bringen."

Weiter kam sie nicht, denn Graham Bonney stimmte lautstark seinen nächsten Hit an.

In einem günstigen Moment, während sich alle auf der Tanzfläche amüsierten, holten wir aus unseren Kabinen die Gegenstände, mit denen jeder von uns auf seine Art unangenehme Erinnerungen verband. Wir verabredeten uns auf dem Lido-Deck.

Dort auf dem vorderen Sonnendeck waren zu dieser abendlichen Stunde gewöhnlich kaum Passagiere. So war es auch heute. Die See war ruhig. Vom Pool her hörten wir Seemannslieder, jetzt von unserem Kreuzfahrtdirektor gesungen. Mit einem verschwörerischen Blick trennten wir uns.

Frau Modemann ging in Sichtweite an die Steuerbordseite, ich an die Backbordseite. Als niemand in meiner Nähe war, warf ich mit Schwung die beiden Sicherheitsplaketten über Bord. Mit einem kleinen Aufspritzer verschwanden sie in den unergründlichen Weiten des Amazonas. Vorsichtig schaute ich mich um. Niemand hatte etwas bemerkt. Ich war erleichtert.

Nach ein paar Minuten schulte ich zu Frau Modemann rüber. Sie wirkte nicht so euphorisch. Ihre Augen waren feucht.

„Ab jetzt ist die Zeit des Trübsalblasens vorbei. Das muss gefeiert werden", versuchte ich sie aufzumuntern. Ich hakte sie unter und wir kehrten aller materieller Sorgen entledigt und uns innerlich wieder völlig unschuldig fühlend – zumindest was mich betraf – „ganz in Weiß" zu der gleichnamigen Pool-Partie zurück, wo man schon auf uns gewartet hatte.

Ohne unsere kleinen Geheimnisse preiszugeben, genossen wir bei stimmungsvoller Musik und angeregter Unterhaltung den weiteren Abend.

Nach dem geheimnisvollen Amazonas erwarteten uns noch die Karibik-Inseln Barbados, Tobago und Trinidad mit paradiesischen Stränden, beeindruckender Natur und lebensfrohen Menschen. Den krönenden Abschluss dieser Reise bildete wie immer auf der MS DEUTSCHLAND das Abschiedsdinner im Restaurant „Berlin" mit der obligatorischen Eisbombe und den Erinnerungsfotos an die Tischrunde.

Nach Rückkehr von der ereignisreichen Reise fiel mir beim Sortieren der Bilder für das obligatorische Album plötzlich auf, dass Frau Modemann an diesem Abend einen Ehering trug. Merkwürdig. Hat sie nun ...? Oder hat sie doch nicht? Es bleibt weiter geheimnisvoll, wie so manches bei Reisen in Brasilien und am Amazonas.

In Brasilien hat der Schattenspringer nicht nur Sonnenseiten erlebt und so manches wird wohl ewig sein sonniges Geheimnis bleiben.

Pleite, Pech und Pannen auf dem Mittelmeer
Die erste Kreuzfahrt nach der MS DEUTSCHLAND

Meine jährliche Kreuzfahrt im Frühling mit der MS DEUTSCHLAND fiel, wie schon seit einiger Zeit vorhersehbar, wegen der **Pleite** der Deilmann-Rederei aus. Ich musste mir also ein anderes Kreuzfahrtschiff suchen.

Angetan von dem Kolorit und dem Ambiente auf der MS DEUTSCHLAND fiel mir die Suche nach einem vergleichbaren Niveau gar nicht so leicht. Denn inzwischen waren meine Ansprüche an das Schiff, das Publikum und die Route meiner nächsten Kreuzfahrt gewachsen.

- » Das Schiff sollte deutschsprachig sein.
- » Es sollte nicht mehr als maximal fünfhundert Passagiere beherbergen.
- » Die Reise sollte für mich in noch weitgehend unbekannte Länder und Orte führen.
- » Es sollte eine Kreuzfahrt im eher klassischen Sinn sein mit Kapitänsempfang, Gala, Eisbombe sowie einem entsprechenden Ambiente und einem anspruchsvollen Unterhaltungsprogramm.
- » Das Abendessen sollte mit einer festen Tischzeit und einem festen Sitzplatz verbunden sein.
- » Preislich sollte die Reise einen meinen Vorstellungen entsprechenden Rahmen nicht überschreiten.

Nach einem ausführlichen Studium diverser Kataloge von Kreuzfahrtanbietern kam eine Kreuzfahrt mit der MS HAMBURG von Plantours meinen Vorstellungen am nächsten. Es ist das einzige Seeschiff, das der Bremer Reiseveranstalter betreibt. Mir war die MS HAMBURG noch vertraut unter dem Namen

Columbus und fuhr zuvor jahrelang für Hapag-Lloyd. Bisher hatte ich viel Positives über das Schiff gehört.

Die Bordsprache ist Deutsch. Es fasst ca. 400 Passagiere und hat ein ausgeprägtes Stammklientel. Das Abendessen wird in einer Tischzeit an einem festen Platz serviert.

Vorsichtshalber wählte ich bei der ersten Kreuzfahrt mit der MS HAMBURG eine Innenkabine. Es könnte ja sein, dass mir die Atmosphäre auf dem Schiff nicht so wie erwartet zusagt. Dann wären zumindest die finanziellen Ausgaben geringer. Ja, manchmal lasse ich mich leider noch immer von solchen irrsinnigen Überlegungen leiten.

Der ausschlaggebende Punkt für die Buchung dieser Reise war letztendlich jedoch die Route „Im Frühling ins Mittelmeer".

Die Kreuzfahrt führte in drei Abschnitten von Istanbul bis Lissabon. Mein besonderes Interesse galt vor allem dem westlichen Mittelmeer. Die Route enthielt so klangvolle Reiseziele wie Marseille, Monaco und die Côtad'Azur sowie die Balearen.

Sonne, Meer und der Charme des französischen Südens begleiteten mich auf der Reise entlang der Côted'Azur. Aus Hochglanzmagazinen und Boulevardnachrichten bekannte Bilder in natura zu erleben und verbunden mit einem Hauch Lokalkolorit einzuatmen, kamen im schillernden Fürstentum Monaco hinzu. Dazu gehörten neben dem Fürstlichen Palast, dem Grab von Fürstin Grazia Patricia (Grace Kelly) mit üppigem Blumenschmuck und zwei Schritte weiter dem Grab ihres Gatten Fürst Rainer III. ebenso Kuriositäten wie eines der ersten U-Boote der Welt bzw. das Skelett eines Finnwals.

Aber auch ein Teil der Strecke vom Grand Prix der Formel 1 musste natürlich zu Fuß abgelaufen werden, um bestimmte in TV-Übertragungen nur erahnte Besonderheiten und Gefahren des Streckenverlaufs hautnah zu spüren.

Das obligatorische Foto, lässig an ein Sportcoupé gelehnt, vor dem Großen Kasino in Monte Carlo durfte selbstverständlich nicht fehlen.

Mein besonderes Interesse auf dieser Route galt aber den Balearen – den vorrangigen Urlaubsinseln vieler Deutscher.

Einmal im Leben wollte auch ich „Malle" und dem Ballermann einen Besuch abstatten – diesem bei den Deutschen so beliebten und berüchtigten Bade- und Vergnügungsort.

In Erinnerung gerufen sei, dass die Balearen sonnige Orte sind, die für einen Schattenspringer – wie ich es nun mal bin – rein gesundheitlich für einen längeren Aufenthalt nicht unbedingt empfehlenswert sind.

Kurze Trips vom Schiff aus können bei einer Kreuzfahrt einem Schattenspringer zumindest Einblicke in eine sonst oft für ihn eher verschlossen bleibende Urlaubswelt ermöglichen.

Ich freute mich, weiße Flecken wie Mallorca, Menorca, Ibiza und Formentera auf meiner Kreuzfahrtkarte ansteuern zu können. Einen Abend die Atmosphäre am Ballermann persönlich erleben zu können, gehörte unumstritten dazu. Leider erfüllten sich nicht alle Träume. Auch ein paar Enttäuschungen blieben mir dabei nicht erspart.

Hatte ich etwa beim Lesen der auf dem Schiff angebotenen Ausflüge auf Mallorca mein Alter nicht bedacht?

„Nächtliche Tour durch Palma" war ein verheißungsvoller Ausflug überschrieben. Den machst du mit. Dachte ich. Doch beim Denken blieb es.

Zufällig sah ich am Tag zuvor Uwe B., den bekannten Moderator vom NDR, an der Reling stehen. Er war einer der Organisatoren und Begleiter von Vergnügungstouren auf diesem Abschnitt der Reise durchs westliche Mittelmeer. Ich sprach ihn an und erkundigte mich nach der morgigen Tour durch das nächtliche Mallorca. Uwe B. sah mich merkwürdig von oben bis unten an und machte mich diskret darauf aufmerksam, dass die Tour durch die Vergnügungslokalitäten bis in den Morgen gehe und dass die bisher gemeldeten Teilnehmer alle weitaus jünger seien.

Was wollte er mir damit sagen?

Sollten der Blick und die hintergründigen Hinweise auf die Dauer und das Alter mir zu verstehen geben, dass ich wohl eher nicht der Typ für diese nächtliche Vergnügungstour in der Gruppe bin?

Komisch. Früher war mir der Moderator immer so sympathisch. Aber jetzt diese Art von Altersdiskriminierung! Das hätte ich ihm wahrlich nicht zugetraut.

Wäre das vielleicht nicht ein triftiger Grund, entgangene Urlaubsfreuden später zu reklamieren? Schließlich musste ich auf den Genuss solcher Auftritte wie den des Königs von Mallorca, des Wendlers oder von Micky Krause und Antonia aus Tirol bzw. anderer Ballermann-Super-Super-Stars verzichten. Langzeit-Bundesbürger hatten mir schon mehrfach anvertraut, dass sie bei derartigen Einschränkungen von ihrem Reklamationsrecht gern Gebrauch machen. Herkunftsbedingt war ich bei Reklamationen bisher immer vorsichtig gewesen.

Vielleicht sollte ich Uwe B. sogar dankbar sein, dass er mich von den Gefahren der Partymeile für unerfahrene alternde Spaßsuchende ferngehalten hat. Sicher ist es nicht allein die Musik, die die Besucher in diese Stimmung versetzt. Ich wusste ja nicht einmal, ob, wie oder welche „gewissen" Spaßmacher dort angesagt waren, wie man sie erwirbt und mit ihnen umgeht. Wahrscheinlich konnte man mir das sogar ansehen. Bestimmt blieben mir damit auch die unliebsamen Folgen eines herumirrenden „Hasen im Rausch" erspart.

Also diesmal nichts mit Ballermann, Bierkönig, Megapark und anderen Tanz- und Trinktempeln für mich. Schade. Eine Erfahrung weniger. **Pech** gehabt.

Oder hätte ich vorher etwa meine aufdringliche Kabinennachbarin mit ihren vordergründigen BH-Problemen bitten sollen, mit mir den kommenden Abend am Ballermann privat zu verbringen? Oder gar meine noch betagteren Tischnachbarn ansprechen und um Begleitung zum Ballermann bitten? Das wären für mich sicher ebenso keine guten Alternativen gewesen.

Nach dem enttäuschenden Gespräch mit dem Spaßverderber blieb ich an dem Abend verstimmt an Bord. Vielleicht konnte mich ein Unterhaltungsprogramm aufmuntern.

In der HAMBURG-Lounge trat ein nicht mehr ganz junger, angeblich bekannter und beliebter Comedian in einem auf jugendlich gestylten Outfit auf. Drei-Tage-Bart, verwaschenes T-Shirt und speckig aussehende Jeans. Die Jeans waren überdies mehrfach eingeritzt, so dass die Haut darunter zu erkennen war. Wirklich reizend! Grins! Da könnte man fast aus der Haut fahren. Eine couragierte ältere Dame tat es dann auch im Anschluss an den Auftritt.

Während der „Show" veranlassten mich ziemlich platte Gags nur selten zum Schmunzeln. Nicht unbedingt dem Alter des Bord-Publikums angepasst waren die Themen, also nicht unbedingt an mich gerichtet, eher an Ballermannbesucher. Ich wurde ja zuvor gerade diskret auf mein Alter aufmerksam gemacht. Die Gags waren eher wohl auf El Arenal einstimmend gedacht. Ich weiß gar nicht, warum mir das so missfiel. Ich wollte doch an den Ballermann.

Dazu überlaute, nervende Musikeinlagen. Einige der Zuschauer hielten sich demonstrativ die Ohren zu. Meine Zeichen an die Regie wurden wohlbemerkt übersehen.

Kritische Eindrücke von der Veranstaltung hatte nicht nur ich. Als ich nach der Show an der Rezeption darum bat, beim nächsten Mal die Lautstärke etwas zu drosseln, sagte man mir in einem arroganten Ton:

„Die Lautstärke ist so gewünscht."

„Von wem? Vom Publikum oder vom Veranstalter?", konnte ich mich nicht verkneifen zu fragen.

Ein herablassendes Achselzucken war die Antwort. Jetzt kam ich doch ins Grübeln. Schon wieder passte ich nicht in das anvisierte Publikum. Wie schlecht müssen die meisten Passagiere an Bord dieses Schiffes erst hören können, wenn sie diese Lautstärke wünschen? Dabei hatte ich eher bei mir in letzter Zeit Hörprobleme vermutet, weil ich akustisch bei Gesprächen in größere Runde nicht alles verstand, was gesprochen wurde. Sogar ein Hörgerät schlummerte in meiner Jackettasche.

Eine ältere Dame in eleganter abendlicher Garderobe, die hinter mir an der Rezeption stand und meinen Disput aufmerksam verfolgte, pflichtete mir in Bezug auf die überhöhte Lautstärke vehement bei. Der Anlass ihrer niederschmetternden Kritik war allerdings ein anderer – das Äußere des Comedians. Für sie sei dieser Auftritt eine Zumutung gewesen.

„Es kann nicht angehen, dass ein Künstler in einer so schäbigen Kleidung mit speckigen Jeans und Löchern an den Knien und dazu platten, zotigen Kalauern derart niveaulos in einer Abendveranstaltung in der HAMBURG-Lounge auftritt."

Im Wesentlichen teilte ich die Auffassung. Das Fräulein an der Rezeption ließ sich nur mit der knappen Bemerkung herab: „Ich leite es weiter."

Nachdem ich mich auch in Anbetracht des erlebten Amüsements von den Gedanken an eine nächtliche Vergnügungstour endgültig verabschiedet hatte, wollte ich wenigsten die andere Seite von Mallorca kennenlernen – die Landschaft und Natur jenseits der Strände und Partymeilen. Dabei interessierte mich vor allem die höchstgelegene Stadt Mallorcas – Valldemossa.

Dieser Ortsname war in zweifacher Weise in meinem Gedächtnis mit Musik ganz unterschiedlicher Genres verbunden.

Zum einen erinnert mich Valldemossa an den polnischen Komponisten Frédéric Chopin, der hier mit seiner Geliebten, einer französischen Schriftstellerin, einen Winter verbrachte.

Zum anderen war mir der Name vertraut durch eine der bekanntesten spanischen Gruppen der Pop- und Volksmusik *Els Valldemossa*. Dieser mallorquinischen Gruppe, bekannt durch die Begleitung der Sängerin Salomé beim Eurovisionswettbewerb 1969 und durch ihren Sieg, hatte ich auf der MS DEUTSCHLAND einige Jahre zuvor begeistert zugehört.

Nach kulturhistorisch interessanten Stadtbesichtigungen in Marseille, Monaco und Monte Carlo und kurzzeitigen Aufenthalten an den sonnenverwöhnten Küsten der Côte d'Azur und der Costa del Sol erreichten wir Gibraltar.

Natürlich nutzen wir hier die Gelegenheit, die einzigen freilebenden Affen in ganz Europa zu beobachten. Ich meine selbstverständlich die berühmten Berberaffen (Makaken). Die anderen erlebt man ja leider überall, selbst an Bord eines Kreuzfahrtschiffes. Oder wie soll man es nennen, wenn ein in die Jahre gekommener Schönling am Pool seiner Partnerin droht: „Wenn du nicht gleich dein Maul hältst, kriegste eine drauf" und am Abend beide beim Karaoke-Auftritt im Duett singen „Wir, wir beide sind nicht Romeo und Julia, die beiden, die man vom Theater kennt"? Affentheater! Oder?

Von der Bergstation auf dem Felsen von Gibraltar in 462 m Höhe – ungestört von jeglicher Affenart – genoss ich die fantastische Aussicht auf den Hafen im Westen, den Blick nach Spanien im Norden sowie auf das Ziel unserer weiteren Reise: Marokkos Berge im Süden und die Straße von Gibraltar, die wir bei der Weiterreise mit der MS HAMBURG durchqueren wollten.

Am Nachmittag sah ich von Bord aus die Felsen von Gibraltar, den Hafen und den Leuchtturm am Europa Point aus anderer ebenso reizvoller Perspektive.

Wie bei „John Maynard" waren die Herzen der Passagiere frei und froh, während sie in der Ferne das Ufer von Tanger schauen.

Gut die Hälfte der Überfahrt nach Tanger, dem Zielhafen der Reise nach Marokko, lag hinter uns, als uns der Kapitän per Lautsprecher darüber informierte, dass das Schiff einen Motorschaden hat. Die Besatzung bemühe sich, Tanger zu erreichen. Wir sollten uns umgehend in unsere Kabinen begeben und weitere Informationen abwarten.

Meine Kabine befand sich im unteren Bereich des Schiffes, auf Deck 4. Schon auf dem Weg zu meiner Kabine schlugen mir zunächst ein brenzliger Geruch und Dämpfe von Schweröl entgegen. Je näher ich meiner Kabine im untersten Passagierdeck kam, je brenzliger wurde der Geruch.

Ich verfluchte meine Kabinenwahl. Eine Innenkabine im untersten Teil des Schiffes. Keine Aussichtsmöglichkeit nach draußen, um zu sehen, wie weit es noch bis zum Hafen von Tanger ist, ob Hilfe von Land kommt oder wann die Rettungsboote ausgefahren werden.

Erneutes **Pech** – nicht nur bei der Teilnahme an Ausflügen, jetzt auch bei der Kabinenwahl.

In der Kabine hielt ich es vor Aufregung kaum aus. Mit umgelegter Rettungsweste und evakuierungsbereit irrte ich in meiner Kabine umher. Immer in der Angst, nur keine Ansage verpassen.

Gefühlte Ewigkeit keine Infos. Fragen quälten mich:

Funktioniert der Lautsprecher in deiner Kabine überhaupt?
Hast du eine Ansage verpasst?
Was machen die anderen Passagiere?

Vorsichtig öffnete ich die Kabinentür. Schweröldämpfe und ein brenzliger Geruch hatten sich verstärkt und zogen durch den Gang. Kein Mensch in Sichtweite. Ich musste die Tür schließen. Ein Hustenreiz quälte mich.

Nach für mich endlos erscheinender Zeit kam die erlösende Durchsage, dass die MS HAMBURG den Hafen von Tanger aus eigener Kraft erreicht hat und das Abendessen heute leider erst verspätet eingenommen werden kann.

Der Weg zum Abendessen im Restaurant ließ den Motorschaden lediglich erahnen. Überall Brandgeruch. Fußböden auf den Fluren und Treppen mit Plastikplanen belegt, um die völlig durchnässten Teppichböden überhaupt betreten zu können. „Motorschaden" war wohl eine Verharmlosung. Meines Erachtens war es eher eine Havarie. Inzwischen nahm auch die Klimaanlage Schaden. Die Warmwasserversorgung musste ebenfalls eingestellt werden.

Niemand wusste, wie es mit der Reise weitergeht.

Am darauffolgenden Tag überschlugen sich die Durchsagen. Der gebuchte Ausflug nach Tanger wurde zur Nebensache. In Erinnerung blieben mir nur ein Gewirr von kleinen Straßen und Gassen in der Medina, in der jedes Gewerbe sein eigenes kleines Viertel hat, und die ungewohnten fremdartigen Gerüche in den Souks, die im völligen Gegensatz zum Brandgeruch an Bord standen.

Scheibchenweise erhielten wir nach der Rückkehr vom Ausflug immer besorgniserregendere Nachrichten. Anfangs hieß es noch:

„An der Beseitigung des Motorschadens wird gearbeitet."
Später wurde daraus:
„Monteure aus Deutschland müssen zu Hilfe geholt werden."

Dann kam die Ankündigung:

„Wir bemühen uns, die MS HAMBURG an das spanische Festland zu manövrieren."

Am nächsten Tag gestand man:

„Eine kurzfristige Weiterfahrt der MS HAMBURG ist zurzeit nicht gesichert. Rückflüge nach Deutschland sind ab Tanger nicht möglich."

Allen stellte sich die Frage: Wie nun weiter?

Auch der zweite Tag nach der Havarie endete mit ungewissen Aussichten. Am Abend kam lediglich der Hinweis:

„Reisende, die bis Lissabon gebucht haben, werden morgen das Schiff in Tanger verlassen."

Dazu gehörte ich. Endlich etwas Konkretes.

„Bitte, bereiten Sie Ihr Gepäck für eine kurzfristige Abreise vor."

Das hatte ich schon gleich nach den ersten Anzeichen einer möglichen Havarie getan.

Erst am dritten Tag wurde namentlich verlesen, wer sich in zwei Stunden zur Abreise an der Gangway einzufinden hat. Ich gehötre zur ersten Gruppe. Mit gemischten Gefühlen verließ ich die MS HAMBURG.

Glücklich als einer der ersten von Bord des Schiffes gehen zu dürfen.

Zutiefst besorgt, wie es weitergeht.

Überzeugt, nach all den **Pannen** dieses Schiff nie wieder zu betreten.

Mühsam plagte ich mich mit dem gesamten Gepäck die Gangway hinunter, wo am Ausgang des Überseehafens ein Bus auf uns wartete, der uns zum Fährhafen brachte. Von dort aus ging es unbegleitet vom Bordpersonal mit einer Linienfähre und zahlreichen Marokkanern, Afrikanern und vielen Spaniern an das spanische Festland. Nach einer beschwerlichen Überfahrt wurden wir im Hafen in einen Bus verladen und zur Übernachtung in ein Hotel im Hinterland transportiert.

Am frühen Morgen des nächsten Tages starteten wir zu einer sechsstündigen Busfahrt vom Hotel in Spanien zum Flughafen Faro in Portugal.

Ich fand einen Platz in der vorletzten Reihe im Bus. Die Reihe vor mir blieb frei. Davor saß ein Pärchen, das mir schon an Bord aufgefallen war. Mehrfach musste ich am Frühstücksbüfett hinter ihnen warten, weil sie mitgebrachte Thermoskannen sowohl am Kaffee- als auch am Getränkeautomaten bedächtig füllten. Im Bus erregte die Frau unliebsame Aufmerksamkeit, als sie mehrfach laut nieste und ungeniert in den Bus prustete. Zunächst schauten die Reisenden sich pikiert um. Nach dem dritten oder vierten Mal wurden energische Proteste laut.

„Nehmen Sie doch ein Handtuch, wenn Sie keine Taschentücher mehr haben!"

Antwort:

„Ich hab diesmal keins mitgehen lassen. Die stanken alle nach Rauch."

Eine andere Dame erbarmte sich und gab ihr ein paar Servietten. Für kurze Zeit zog Ruhe ein. Doch die Nerven lagen weiter blank.

Gestresst erreichten wir Faro. Von dort flogen wir dann endlich mit der Air Berlin zum Glück ohne weitere Pleiten, Pech und Pannen nach Deutschland.

Diese Kreuzfahrt war eine Folge der **Pleite** der MS DEUTSCHLAND. Ich hatte **Pech** bei der Wahl eines ersehnten ebenbürtigen Nachfolge-Kreuzfahrtschiffes. Ausschlaggebend hierfür waren nicht ausschließlich die durch die Havarie bedingten **Pannen** an Bord der MS HAMBURG.

Vielleicht hinterließ die Reise gerade deshalb einmalige unvergessliche Erinnerungen bei mir. Sie führte aber zugleich auch zu neuen Gesichtspunkten für die Wahl künftiger Kreuzfahrten.

Selbst für einen erfahrenen Schattenspringer und Kreuzfahrer bewahrheitete sich wieder einmal:

Wo Licht ist, ist auch Schatten. Nicht immer weiß man vorher jedoch genau, wohin man springen will oder soll.

Licht und Schatten auf dem Pazifik bei Südseeträumen und der Magie von Hawaii

Wenn die MS EUROPA im Frühjahr 2020 von Auckland nach San Francisco kreuzt, wollte ich unbedingt dabei sein. Auf dieser Route lagen die Ziele meiner Sehnsucht, die meine Reiseträume seit Udo Jürgens Songtext „Ich war noch niemals in New York, ich war noch niemals auf Hawaii, ging nie durch San Francisco in zerriss'nen Jeans" prägten.

New York hatte ich schon vor Jahren kennengelernt. Jetzt sollten es Hawaii und San Francisco sein. Ich freute mich auf die vielversprechenden Sehnsuchtsziele dieser Kreuzfahrt.

Große Ereignisse
werfen ihre Schatten voraus

Die Vorzeichen der Reise waren allerdings für den Schattenspringer nicht so günstig. Das erste Implantat für das neue Jahr, das mir meine Südseeträume ermöglichen und versüßen konnte, sollte ich zehn Tage vor Beginn der Reise bekommen.

Mit der üblichen Überweisung vom Hautarzt, dem ausgefüllten Patiententagebuch und dem Ergebnis der jährlich vorgesehenen Sonografie fuhr ich bedenkenlos zur Charité nach Berlin. Nach Entgegennahme der drei mitgebrachten Unterlagen bat mich die behandelnde Ärztin, ihr auch das Ergebnis der Blutuntersuchung vorzulegen.

Ungläubig schaute ich die Ärztin an. Die Blutentnahme erfolgte die letzten drei Male doch immer hier an der Charité. Etwa eine Stunde später – kurz vor der Implantation – lagen dann gewöhnlich die Ergebnisse des Labors der Charité vor. Hatte ich einen Hinweis auf die veränderten Bedingungen in der letzten E-Mail zum Jahreswechsel überlesen? Beginnende Demenz? Oder deutete das auf eine sich andeutende, nicht offiziell ausgesprochene Überlastung des Labors hin? Auch ein Bezug zu den Pressemitteilungen vom Januar über das Corona-Virus ging mir durch den Kopf.

Heute könne man mir zwar das Blut abnehmen, die Ergebnisse des Labors würden aber erst in zwei Tagen vorliegen. So lauteten die Informationen der Ärztin.

Also fuhr ich zwei Tage später an einem Freitag noch einmal nach Berlin, immerhin eine Tagesreise, und erhielt das für meine bevorstehende Reise so wünschenswerte Implantat. Nebenbei erfuhr ich, dass ich nicht der einzige Patient war, der die Neuregelungen zur Blutentnahme nicht beachtet hatte.

Eine Woche vor Beginn der Kreuzfahrt deutet sich ein weiteres zu Bedenken gebendes Vorzeichen an.

Von Hapag-LloydCruises erhielt ich die Mitteilung, dass Gäste und Crewmitglieder ihre Reise an Bord nicht antreten können, „die in den letzten 14 Tagen vor ihrem Reisebeginn in China ebenso wie in Hongkong oder Macau waren sowie diese Orte auf der Durchreise passiert haben". Zudem wurden alle Gäste verpflichtet, vor Reiseantritt einen Fragebogen auszufüllen, der bei Betreten des Schiffes vom Bordarzt eingesammelt werden wird.

Die drei Fragen lauteten:

„1. Waren Sie in den letzten 14 Tagen in China oder sind via China gereist (inklusive Hongkong oder Macau)?

2. Hatten Sie in den letzten 7 Tagen Symptome wie hohes Fieber, Schüttelfrost, Atembeschwerden, wie sie bei einer Coronavirusinfektion typisch sind?

3. Hatten Sie in den letzten 14 Tagen physischen Kontakt zu jemandem, der Symptome aufweist, wie sie bei einer Coronavirusinfektion typisch sind?"

Außerdem gab es den Hinweis:

„Wenn Sie eine der drei Fragen mit ‚Ja' beantworten, ist eine Mitreise ausgeschlossen."

Ruhigen Gewissens konnte ich bei allen Fragen „Nein" ankreuzen.

Bis zum Abflug am kommenden Sonntag blieben mir noch ein paar Tage. Mit meinem befreundeten Ehepaar verabredete ich ein letztes Treffen für den Vortag meines Abflugs, also am Sonnabendabend, und ein Skype-Gespräch mit meinem Bruder und Familie am selben Nachmittag.

Als ich am Montag von meinem Reisebüro die Transferbestätigung für die Fahrt zum Flughafen Berlin-Tegel für den Freitag erhielt, wurde mir ganz schwindlig.

Am Freitag? Verstört schaute ich in meine Reiseunterlagen. Da stand wirklich Abflug am Freitag von Berlin. Einschiffung in Auckland am Sonntag.

Wie konnte ich das übersehen haben? Nur gut, dass ich das schon ein paar Tage vorher registriert hatte. Nicht auszudenken, wenn mir das erst am Freitag aufgefallen wäre.

Mit beklemmendem Gefühl musste ich meinen Irrtum über den Reiseablauf meinen Freunden und Verwandten mitteilen. Die sicher wohlgemeinten Ratschläge, mir immer alle Termine und Informationen noch einmal aufzuschreiben, nahm ich zur Kenntnis, gaben mir aber auch erneut Anlass zum Nachdenken. War das schon ein Vorzeichen von Demenz? Ein schlechtes Omen für eine langersehnte Kreuzfahrt im fortgeschrittenen Alter.

Dem abgewandelten Liedtext folgend

„Flieg *alter* Adler hinaus in die Ferne, schau nur nach vorn und nicht zurück", begab ich mich all diesen unangenehmen Vorzeichen zum Trotz planmäßig und erwartungsvoll auf diese lang erträumte Reise.

Der Fahrer vom GfB-Reisebüro holte mich vor meiner Haustür ab und setzte mich pünktlich am Flughafen Berlin-Tegel ab. Von dort flog ich zunächst nach Frankfurt und von dort in der Business Class nach Singapur.

In Singapur, wo wir einen Zwischenaufenthalt von mehr als vier Stunden vor uns hatten, fragte mich auf dem Weg zur Business Lounge eine couragierte Dame, die im Flugzeug den Sitz hinter mir hatte, ob ich auch nach Auckland weiterfliege. Wahrscheinlich hatte sie mein Reiseziel an dem orangefarbenen Kofferanhänger von Hapag Lloyd erkannt. Erfreut, das gleiche Reiseziel zu haben, begaben wir uns gemeinsam auf die Suche nach der Lounge und verbrachten dort bei anregenden Gesprächen und einem Bummel durch die Shopping Mal die Wartezeit bis zum Weiterflug nach Auckland.

Natürlich machten wir einen Fotostopp vor dem betörenden Blumenarrangement zum Jahr der Ratte, das nach dem chinesischen Kalender am 25. Januar 2020 beginnt. Damit fängt auch ein neuer Tierkreiszyklus an, ein sich wiederholender Kreis aus 12 Jahren. Eine Ratte zu sein, ist in unserem Sprachgebrauch kein Kompliment. Je nach Interpretation der Legende kann man sie als schlau, aber auch als hinterlistig bezeichnen. Das Foto mit den putzigen Ratten sollte mir auf dieser Reise helfen, die positiven Eigenschaften der Ratten zu sehen, nämlich alles mit Zuversicht und Entschlossenheit zu verfolgen.

Über Bemerkungen zum chinesischen Jahr der Ratte kamen wir anschließend in der Lounge auf die schockierenden Nachrichten über den Ausbruch des Coronavirus in China zu sprechen und auch auf die Präventionsmaßnahmen der Reederei. Zum Glück führte die Route der uns bevorstehenden Kreuzfahrt von Neuseeland über die Fidschis und Hawaii nach San Francisco in westliche Richtung. Und somit nicht in eine angebliche Gefahrenzone. Dachten wir. Leider wurde dieser noch uneingeschränkte Optimismus bei uns schon bald getrübt.

Nach der Passkontrolle und der üblichen Kontrolle des Handgepäcks bei der Ankunft im Flughafen Auckland schaute ich mich nach meiner neuen Reisebegleiterin, Frau Mieters, um. Sie war doch bei der Handgepäckkontrolle direkt hinter mir. Ich wartete noch einem Augenblick, ging dann aber zum Gepäckband, nahm mein Gepäck entgegen und begab mich zu dem vereinbarten Treffpunkt für Passagiere der MS EUROPA. Frau Mieters war nirgends zu sehen. Ein Mitarbeiter von der MS EUROPA begrüßte mich, hakte auf seiner Liste meinen Namen ab und bat mich kurze Zeit später, mit einem Mitarbeiter zum Bus zu gehen. Besorgt fragte ich ihn, ob Frau Mieters sich schon bei ihm gemeldet hätte. Als er verneinte, teilte ich ihm mit, dass besagte Dame noch bei der Handgepäckkontrolle unmittelbar hinter mir gewesen wäre. Dann hatte ich sie aus den Augen verloren. Ich bat ihn, noch bis zur Ankunft von Frau Mieters bei ihm warten zu dürfen. Er willigte ein.

Eine für mich ungewöhnlich lange Wartezeit schloss sich an.

Warum machte ich mir eigentlich solche Sorgen um eine erst kurze oberflächliche Bekanntschaft?

Ich verfluchte mich selbst.

Endlich erschien Frau Mieters ganz aufgelöst und teilte uns überschwänglich mit, dass und wie sie desinfiziert wurde. Das Empörendste für sie war allerdings nicht der Desinfektionsvorgang, wie ich vermutete, sondern dass der Kontrolleur sie „Fräulein" genannt hatte. Seitdem beschwichtigte ich sie in prekären Situationen immer mit den Worten:„Fräulein Mieters, bleiben Sie ruhig." Es dauerte eine Weile, bis sie meine Ironie akzeptierte.

Fast als Letzte begaben wir uns in den Bus, der uns zum Schiff brachte. Während ich noch einige Zeit bekümmert über den für mich eigentlich belanglosen Zwischenfall nachdachte und mit meiner inneren Anteilnahme haderte, stolzierte Frau Mieters selbstbewusst und wortreich auf das Begrüßungsdefilee an Bord zu.

Ein vermutlich weiteres, den Reiseverlauf beeinträchtigendes Vorzeichen deutete sich bereits kurze Zeit nach der Ankunft auf der MS EUROPA an.

Beim Betreten der Suite fand ich die „Aktuelle(n) Informationen für Ihren Reiseverlauf" von Hapag-Lloyd vor. In diesem Schreiben wurde mitgeteilt, dass, ausgehend von der chinesischen Stadt Wuhan, in der vermehrt Fälle der Atemwegserkrankung (COVID-19) auftraten, immer mehr Häfen individuell und zum Teil sehr kurzfristig Änderungen in ihren Einreisebestimmungen erlassen, welche sich auf geplante Anläufe von Kreuzfahrtschiffen auswirken. Lokale Entscheidungen hätten auch zu einer Änderung des Reiseverlaufs dieser Reise geführt.

Ein Blick auf den aktuellen Fahrplan dieser Reise ergab, dass wir u. a. Ile des Pins, Wallis und Futuna nicht wie ursprünglich geplant anlaufen werden.

Es sollten nicht die einzige Routenänderung bleiben, wie sich schon bald herausstellte.

Noch bewegten mich zu dieser Zeit viel mehr die Veränderungen auf dem Schiff nach der Renovierung der MS Europa im vergangenen September.

Wie wirkt sich die angekündigte Aufhebung der festen Sitzplatzregelung am Abend im Restaurant „Europa" aus?

Werden Einzelreisende nun aufs Abstellgleis geschoben?

Wie lukrativ für mich sind die beiden anderen Restaurants „The Globe" von Kevin Fehling und das neue Seafood-Restaurant „Pearls"?

Der Begrüßungsflyer versprach uns viele Neuheiten an Bord: „Der Wandel geht dabei weit über die Modernisierung ausgewählter öffentlicher Bereiche hinaus. So reisen Sie mit der EUROPA ab jetzt sportlich-elegant und genießen die Freiheit, ganz Sie selbst zu sein. Lassen Sie sich inspirieren und probieren Sie neue Dinge aus."

Diese Ankündigungen las ich mit einer gewissen Skepsis. Wollte ich das sportlich Elegante eigentlich? Bisher hatte mich eigentlich das klassisch Elegante bei Luxuskreuzfahrten eher gereizt. Und die Freiheit, ich selbst zu sein, war bei mir auch vorher nie eingeschränkt. Als aufgeschlossener Passagier war ich jedoch bereit, Neues auszuprobieren.

Wo Schatten sich andeutet, gibt es auch Licht

Nach den Anstrengungen der Anreise wollte ich am ersten Abend an Bord nur schnell etwas vom Buffet im Lido Café zu mir nehmen. Das Restaurant war überfüllt. Ich fand noch einen Zweiertisch in einer Ecke. Von Martina, der Serviererin aus Berlin, wurde ich freundlich mit Namen begrüßt. Sie kannte mich schon von den vergangenen Reisen.

In Gedanken versunken verspeiste ich in vertrauter Atmosphäre genussvoll die kleinen Köstlichkeiten vom Buffet.

Ich hatte gar nicht bemerkt, dass sich eine Dame meinem Tisch genähert hatte. Mit einem Räuspern machte sie auf sich aufmerksam. Fast erschrocken sah ich auf und erkannte sofort Frau Raube, meine Tischnachbarin von der Reise „Von Hongkong nach Singapur" auf der MS Europa im letzten Jahr. Beide erfreut von der überraschenden Begegnung, gingen wir nach oben in die Sansibar, genossen die romantische Hafenausfahrt aus Auckland und stießen auf das Wiedersehen mit einem Singapur Sling an. Serviert von Barkeeper Yalcin und seiner bezaubernden Lena. Genau wie beim letzten Abend im vergangenen Jahr im Hafen von Singapur. Alle erinnerten sich sogar noch an mein Lieblingsgetränk als Absacker – den „Jägermeister".

Beschwingt begab ich mich zu meiner Suite auf Deck 6. Auf dem Gang kam mir ein Pärchen entgegen. War das nicht Teresa aus der lustigen Tischrunde von vor drei Jahren auf der Reise von Nouméa nach Manila? Der Begleiter war mir jedoch fremd. Fast ungläubig schauten wir uns an. Doch dann schlossen wir uns freudig in die Arme. Teresa hatte mich schon flüchtig bei meiner Suche nach einem Sitzplatz im Lido gesehen. Mich aber dann aus den Augen verloren. Sie stellte mir ihren Begleiter mit den Worten vor: „Das ist Robert. Ihr kennt euch

zwar noch nicht, aber es gibt eine Verbindung zwischen euch."
Darauf war ich gespannt. Robert sicher auch, wie ich seinem fragenden Gesichtsausdruck entnahm. Teresa und ich verabredeten uns zu einem ausführlichen Wiedersehensgespräch am nächsten Vormittag im Atrium.

In dem Gespräch erfuhr ich, dass Teresa noch immer persönlichen Kontakt zu unserer Tischrunde von der Reise vor drei Jahren hat, zu Anna und Bettina nebst Mutter. Wir kramten in unseren Erinnerungen und amüsierten uns erneut über so manche lustige Begebenheit. Natürlich wollte ich auch etwas über die Verbindung zwischen mir und Robert erfahren. Teresa erzählte mir, dass ich auf der Reise von Nouméa nach Manila in der illustren Runde mit den Damen Roberts Platz am Tisch eingenommen hatte. Die drei Damen und Robert hatten zuvor schon gemeinsam die Route bis Nouméa gemacht, als Robert dort das Schiff verließ und ich seinen Platz am Tisch einnahm. Auf der Reise war sein Name nie gefallen. Wohlweislich? Ich erinnerte mich nur an Teresas treulosen Tänzer mit Namen „Paul" und an die Kommentare „Paul, der kein Paul war". Teresa! Teresa! Jetzt brauchte ich Aufklärung. Das könnte ein interessanter Punkt unseres Wiedersehens-Gesprächs werden.

Mit so vielen hoffnungsvollen sonnigen Ausblicken waren die trüben Gedanken an die schattenbehafteten Vorzeichen der Reise schnell vergessen, zumindest für den Start der Reise.

Am nächsten Tag stellte sich zugleich heraus, dass auch Frau Raube und Frau Mieters, meine Flugbegleitung von Frankfurt bis Auckland, sich schon von einer vorherigen Kreuzfahrt kannten. Vielleicht kann sich daraus eine Dinner-Gemeinschaft ergeben, wünschte ich mir im Stillen. Mein Wunsch wurde schon bald erhört. An einem der folgenden Tage sahen wir uns wieder. Die Kreuzfahrtdirektorin hatte die einzelreisenden Gäste zu einem geselligen Beisammensein und einem Cocktail in netter Runde eingeladen. Im Anschluss an das Treffen im Gatsby's gingen wir drei gemeinsam zum Abendessen ins Europa-Restaurant. Zu uns gesellte sich noch eine weitere einzelreisende Kroatin, Frau Ilker, die aber schon viele Jahre in Deutschland lebte. Vier Singles auf Reisen hatten sich gefunden, um gemeinsam das Abendessen einzunehmen und die eine oder andere Abendveranstaltung zu besuchen.

Ein Lichtblick gegenüber dem für mich eher frustrierenden Begrüßungsabend.

Unter dem Motto „Meet&Greet" (Warum auf Englisch? Ich dachte, die Bordsprache wäre Deutsch.) trafen sich Kapitän Olaf Hartmann und einige Besatzungsmitglieder im Atrium zu einem lockeren Gespräch. Im Anschluss eröffnete der Kapitän offiziell die Reise, gab einen Ausblick auf die Reise und stellte einige seiner engsten Mitarbeiter vor, keine Lektoren und Künstler.

Anschließend begab man sich in das Europa-Restaurant, um sich einen Platz zuweisen zu lassen. Nach den Veränderungen mit nunmehr überwiegend Zweier-Tischen ist das für Ehepaare sicher kein Problem. Für mich schon. Als Single empfahl man mir zuerst einen Platz an einem Tisch für zwei Personen, an dem bereits ein Herr von über 90 Jahren saß. Davon war ich nicht so angetan. Daraufhin bot man mir einen Platz an einem freien Zweiertisch direkt am Eingang an. Der Katzentisch! Alle gehen an dir vorbei und sehen, wie einsam du dasitzt. Das entsprach nun schon gar nicht meinen Vorstellungen von einem Begrüßungsabend. Schließlich wurde ich allein an einen Vierer-Tisch platziert. Mit der Option, ggf. weitere Personen an den Tisch zu bringen. Dazu kam es aber nicht. Hinter mir kam ein Ehepaar, das an den Nachbartisch für vier Personen geleitet wurde. Ich hörte, wie die Ehefrau noch sagte, dass sie keinen gesteigerten Wert darauf legen, den Abend allein am Tisch zu verbringen. Der Kellner sah zu mir herüber und sprach zu dem Ehepaar. Das Ehepaar machte mir ein Zeichen, dass ich mich gern zu ihnen gesellen dürfe. Gern nahm ich das Angebot an. So wurde es dennoch wohl für beide – für das Ehepaar und für mich – ein unterhaltsamer Abend.

Jedoch keine Begrüßungs-Gala, wie ich sie von früheren Kreuzfahrten kannte. Keine individuelle Begrüßung des Kapitäns, kein gemeinsames Foto, keine große Show mit den Künstlern in der Europa Lounge. Das waren also die gepriesenen Veränderungen. Na toll! Da hatte man sich mal wieder vom Wunsch einiger exzentrischer Gäste an den Zweier-Tischen leiten lassen, deren eigenwilliges und hervorstechendes Auftreten und überhebliches Verhalten an Bord hoffentlich nicht allein mir ins Auge stach.

Zu diesen Menschen fühlte ich mich noch nie hingezogen. Ich wollte nie wie sie auffallen. Ihre zur Schau gestellte Originalität war für mich immer ein Zeichen, dass sie nicht alle Tassen im Schrank hatten. Diese meine herkunftsbedingte Ansicht durchzieht häufig unbemerkt meine kritischen Bemerkungen über besonders schrille Gäste an Bord von Kreuzfahrtschiffen, vor allem im Luxusbereich und führt zu den satirischen bis sarkastischen Darstellungen.

Mit Sicherheit auch in der folgenden Geschichte.

Stolz auf eroberte Plätze?

Zeremonien, Folkloreshows und Tänze der Inselbewohner hatten mich schon immer bei Kreuzfahrten in die Südsee fasziniert. Diesmal hatte ich den Ausflug „Die Kultur von Taveuni" gewählt. Das unberührte Taveuni wird auch Fidschis Garteninsel genannt. Große Teile dieser paradiesischen Insel sind mit Regenwald bedeckt. Hier blüht auch die Nationalblume der Fidschi-Inseln: eine purpurrot und weiß blühende Liane, die Tagimaucia. Der Legende nach verkörpert sie die Tränen einer jungen, unglücklichen verliebten Prinzessin.

Ich freute mich auf das angekündigte „typische einfache Inselleben" und auf die freundlichen Bewohner. Wo ich auch immer Einheimische traf, vernahm ich aus aller Munde „bula" – Willkommen! Das einzige Wort, das mir aus der Sprache der Inselbewohner in Erinnerung blieb.

Der Bula-Ausflug erfolgte in landesüblichen einfachen offenen Bussen ohne Fensterscheiben. Auf der linken Seite des Busses gab es die Einzelplätze, auf der rechten Seite die Zweier-Reihe. Da ich wie immer rechtzeitig den Bus aufsuchte, fand ich auch auf der linken Seite in der vierten Reihe einen angenehmen Sitzplatz. Auf dem Platz vor mir und neben mir in der Zweier-Reihe bekannte Gesprächspartner.

Kurz vor der Abfahrt lenkte eines der exzentrischen Ehepaare meine Aufmerksamkeit auf sich. Als letzte hastete es auf unseren Bus zu. Der Weg von der Luxus-Suite auf Deck 9 zum Schiffsausstieg auf Deck 4 dauerte eben ein wenig länger.

Die Dame trug einen auffallend großen braunen Hut mit vielen bunten Glasperlen bestückt und eine übergroße Sonnenbrille mit Glitzer umrandet, obwohl es doch auf den Fidschis als unhöflich gilt, Hut und Sonnenbrille aufzubehalten, wenn man eine Räumlichkeit betritt wie bei der angekündigten Kava-Zeremonie bzw. Folkloreshow. Eben eine niveaulose „aufgetakelte Fregatte", schoss es mir durch den Kopf. Umgeben von einem überüberdosierten Duft eines bekannten Parfüms, das ich von meiner Mutter kannte. Hoffentlich ist die Fregatte nicht in meiner Nähe, wenn wir den Duft der Tagimaucia aufnehmen wollen, überlegte ich vorausblickend. Ihr holder Gatte war, wie es mir schien, ein äußerst selbstgefälliger, mürrisch dreinblickender Großkotz. Sein Gesicht verfinsterte sich noch mehr, als er sich im Bus zur letzten Reihe durchschlängeln musste, in der sich die einzigen freien Plätze befanden.

Nach einer kurzen Busfahrt erreichten wir das Dorf Duivosavosa. Mit wunderschönen Blütenkränzen begrüßten uns die Dorfbewohner. Sie zeigten uns die täglichen Aktivitäten ihres Tagesablaufs und demonstrierten die traditionelle Kava-Zeremonie. Außerdem unterhielten sie uns mit einheimischer Folklore. Bei einem anschließenden Bummel durch das Dorf interessierte mich natürlich die Grundschule am meisten. Ehrfürchtig, aber aufgeschlossen beäugten uns die Jungen und Mädchen in ihrer ordentlichen einheitlichen Schulkleidung. Ein Blick in die Klassenräume ließ mich sogar den behandelten Unterrichtsstoff erahnen. Bei Fotoaufnahmen auf der Schulwiese überwanden einige der Kleinen ihre anfängliche Scheu, riefen „Bula" und machten dabei ihre Faxen.

Mit Wohlbehagen stieg ich in den Bus. Doch was sah ich da? Auf meinem Platz saß die auffällige Dame mit dem aufdringlichen Duft. Irritiert schaute ich zu meinen Nachbarn auf den gegenüberliegenden Sitzplätzen. Die verzogen die Augenbrauen und blickten mich mitleidig an.

„Das ist mein Sitzplatz", sprach ich ruhig und gelassen die „Dame" an.

Sie reagierte nicht, wandte ihr Gesicht demonstrativ zum Fenster, sodass ich nur ihren überdimensionierten Hut sah. Die anderen Reisenden schüttelten entsetzt mit dem Kopf. Ich wollte jedoch keine Auseinandersetzung. Missmutig begab ich mich zu einem freien Platz in der letzten Reihe. Jedoch saß ich nicht neben dem Ehemann besagter Dame. Der hatte sich wohl auch einen besseren Platz gesucht. Ich wollte nicht weiter darüber nachdenken und mir den Ausflug durch solche Typen vermiesen lassen. Das war es nicht wert. Dennoch ging mir das Pärchen bei diesem Ausflug noch einmal gehörig auf die Nerven.

Unterwegs stoppten wir an einer katholischen Kirche, die in den frühen 20er Jahren von Missionaren des letzten Jahrhunderts errichtet worden war. Da mich derartige Kirchen nicht sonderlich interessierten, warf ich nur einen kurzen Blick hinein. Weil es außerdem sehr sonnig war, suchte ich frühzeitig den Schatten des Busses auf, ich stieg ein und sah, dass mein ursprünglicher Sitzplatz noch frei war. Nicht ohne Häme setzte ich mich wieder auf meinen alten Platz. Wohlwollendes Nicken meiner später eintreffenden Nachbarn. Als das sonderbare Ehepaar den Bus bestieg und mitbekam, dass ich wieder meinen alten Sitzplatz eingenommen hatte, sagte der übellaunige Herr überheblich und verächtlich klingend:

„Nun sind Sie aber stolz, meine Frau ausgetrickst zu haben!"

Plötzlich war ich der Übeltäter. Ich schmetterte ihm ein verschmitztes „Bula" zu, würdigte ihn keines weiteren Blickes, sah wie zuvor seine Gattin aus dem Fenster und versuchte vielmehr mich an der üppigen tropischen Flora zu ergötzen. In Gedanken war ich noch bei der im Dorf zelebrierten polynesischen Kava-Zeremonie. Das Überreichen dieses Trunks diente doch, wie ich es verstanden hatte, als Symbol für Respekt und Geselligkeit in der Gemeinschaft und gehörte untrennbar zur Kultur der Fidschi-Inseln. Leider, sinnierte ich, werden Respekt und Geselligkeit in unserer heutigen Kultur immer mehr verdrängt durch Überheblichkeit und Egoismus Einzelner, wie es das exzentrische Ehepaar selbst bei einem geselligen Ausflug demonstrierte.

Zu meinem Wohlwollen vernahm ich hinten im Bus energische Proteste von Reisenden, als das Ehepaar auf zwei hintereinander liegenden Einzelplätzen Platz nehmen wollte und resolut des Platzes verwiesen wurde. Viel öfter bedürfte es solcher energischer Einwände, um egozentrische Personen unmissverständlich in die Schranken zu verweisen.

Zufrieden mit dem Ausgang sah ich dem nächsten Höhepunkt des Ausflugs entgegen, ohne mir weitere Gedanken über meinen Sitzplatz nach dem nächsten Stopp zu machen. Ich musste einfach rechtzeitig zum Bus zurückkehren.

Auf dem Rückweg zum Schiff begaben wir uns noch auf eine kleine Zeitreise, denn die Insel liegt genau auf dem 180. Längengrad – der Datumsgrenze. An einem touristischen Erinnerungsmonument wurde natürlich das obligatorische Foto geschossen, in dem sich jeder von uns in den Spalt zwischen der Markierung **TODAY** und **YESTERDAY** stellte und das Hin- und-Herspringen zwischen den Tagen veranschaulichen wollte.

Das Überqueren der Datumsgrenze mit Ostkurs – so wie wir auf dieser Reise – ließ uns auf der Basis einer internationalen Vereinbarung aus dem Jahre 1884 einen Tag doppelt erleben. Für uns war das der 8. März – der Internationale Frauentag. An Bord widmeten die beiden Sängerinnen Yvette Keijzers und Donna Senders mit der Bordband „Heaven's Club" im Gatsby's allen Frauen ihr Programm mit bekannten Liedern von Tina Turner und Aretha Franklin. Natürlich waren auch die Herren herzlich eingeladen.

Nach den Landgängen in Somosomo/Taveuni verließ die MS EUROPA die Insel und nahm Kurs auf Honolulu. Die Entfernung betrug über 2500 Seemeilen. Das bedeutete mehrere Seetage. Zeit, die Seele baumeln zu lassen. Ich freute mich darauf, dank meines Implantats wieder einmal die Zeit am Pool verbringen zu können. Natürlich auf der sonnenabgewandten Seite! Ein solches schattiges Plätzchen hatte ich schon in den letzten Tagen neben einem sehr zurückhaltenden älteren Schweizer Ehepaar gefunden.

Nach dem Frühstück im Lido – so gegen 9 Uhr – steuerte ich am ersten Seetag mit meinen Badeutensilien auf die angestrebte Liege vom Vortag zu. Typisch Gewohnheitstier! Doch auf „meiner" Liege und der Nachbarliege lagen Handtücher und auf dem kleinen Tisch dazwischen ein Beutel. Auf meine fragende Geste zuckte das Schweizer Ehepaar nur mit den Schultern.

„Schade", dachte ich, „zu spät gekommen."

In der Nähe fand ich dann noch einen geeigneten Platz zum Relaxen, von dem ich meinen gewohnten Liegeplatz einsehen konnte. Fast drei Stunden später (!) erschien ein Herr in langer blauer Hose, einem langärmligen geblümten Hemd und anscheinend gefärbten Haaren bzw. eher Perücke (meine Vermutung), gestikulierte nach dem Deckjungen, ließ sich die beiden Liegen eindecken und umständlich in die von ihm gewollte Position bringen. Anschließend breitete er sich auf der Liege aus, ohne sich auch nur eines Kleidungsstücks zu entledigen. Selbst Strümpfe und Schuhe behielt er an. Vielleicht auch ein krankhafter Schattenspringer wie ich, dachte ich anfangs.

Die zweite Liege blieb noch lange Zeit weiter ungenutzt. Gegen 14 Uhr stöckelte eine Dame – mit roten Haaren – ich dachte zunächst, es wäre Andrea Sawatzki– in einem blau-weiß gestreiften hautengen langen Kleid und Sonnenhut auf die Liege neben ihrem zu vermutenden Ehemann zu, streckte sich aus und vergnügte sich mit ihrem Smartphone. Nach einer knappen Stunde verließen beide wieder den Poolbereich, ohne die ausgebreiteten Badetücher zu entfernen, und sonnten sich an der Pool-Bar.

Leider musste ich derartige Verhaltensweisen einiger gut betuchter Bürger an Bord mehrfach beobachten, obwohl es im Tagesprogramm ausdrücklich hieß:

„Auf der MS EUROPA gibt es keine Liegestuhlreservierung. Da ausreichend Liegestühle für alle Gäste bereitstehen, bitten wir Sie, bei längerer Abwesenheit keine Gegenstände auf die Liegestühle zu legen, um diese zu reservieren."

Wahrscheinlich gilt das nicht für die Bewohner aller Suiten. Diese Suiten-Inhaber nehmen für sich wohl in Anspruch, gegen Konventionen verstoßen zu dürfen. Das beobachtete Pärchen sah ich übrigens später am Kapitänstisch.

Schlägt da bei mir wieder so ein herkunftsbedingter „Sozialneid" durch?

Ich lasse es lieber, weitere Gedanken hierzu zu äußern. Auch wenn es mir auf der Seele brennt. Gern würde ich sie negieren, aber sie lassen sich nicht so einfach vertreiben. Manchmal steckt eben in mir so ein unbequemer Ordnungshüter. Wahrscheinlich beruflich geprägt. Ab und an bin ich auch ein kleiner Giftzwerg, der seine gewisse Genugtuung braucht.

Am folgenden Seetag verzichtete ich auf das Frühstücken im Lido. Ich ging gleich an den Pool. Der von mir favorisierte Liegestuhl neben dem Schweizer Ehepaar und der unmittelbar daneben stehende waren schon wieder mit einem Badetuch belegt. Auf dem Tischchen zwischen den beiden Liegen lag wiederum ein unscheinbarer Beutel. Ich nahm das Badetuch von dem einen Liegestuhl, den ich jetzt für mich beanspruchte, und legte es auf den anderen. Aus der Vitrine am Pool nahm ich mir eine Puddingschnecke und einen Becher Obst. Vom Kaffee-Automaten nahm ich mir einen Cappuccino und harrte der Dinge, die da kommen.

Für den Vormittag hatte ich mir eigentlich vorgenommen, in der Europa Lounge den Vortrag von Lektor Tilmann Giezendorf über Honolulu und die Insel Oahu anzuhören. Jetzt bekam ich aber Gewissensbisse. Konnte ich für fast eine Stunde meinen belegten Liegestuhl verlassen? Würde ich dann nicht auch zu den Reservierungsverstößern gehören? Verhielte ich mich dann nicht genauso wie das von mir vermaledeite Ehepaar?

In diesem Fall beruhigte ich meine Bedenken durch ökologische Überlegungen. Eigentlich müsste ich die beiden Badetücher vor dem Vortrag von meiner Liege entfernen und mir nach dem Vortrag neue holen. Das widersprach allerdings meinem umweltschonenden Empfinden.

Während des gesamten Vortrags bewegte mich mein zwielichtiges Verhalten.

Verwicklungen erwartend eilte ich zu meinem Liegeplatz. Doch beide Liegestühle unverändert, wie ich sie verlassen hatte. Erst kurz vor Mittag steuerte das Ehepaar auf den von ihm seit dem Morgen reservierten bisher völlig unbenutzten Liegeplatz zu, sah mich, besann sich und schlenderte, mich keines weiteren Blickes würdigend, an mir vorbei zu zwei entfernteren freien Liegen. Erst danach bewegte sich der feine Herr würdevoll schreitend zu dem Liegestuhl neben mir und nahm den darauf liegenden Beutel mit ehrwürdiger schuldfreier Überzeugung mit sich.

Ich hatte versucht meine Haltung zu zeigen, indem ich Halt für haltloses Verhalten angedeutet hatte.

Es war nur ein bescheidener Versuch, irgendwelchen verschrobenen Typen Einhalt zu gebieten, für die nur zählt, was ihnen persönlich wichtig ist. Alles andere war ihnen egal.

Von Menschen auf einem Luxuskreuzfahrtschiff hatte ich anderes erwartet. Menschen, denen selbst bei prachtvollen gemeinschaftlichen Erlebnissen das Ich so viel wichtiger ist als das Wir, haben Defizite, gelinde gesagt ein Loch im Verstand. Für mich sind es „A...löcher". Diese drastisch klingende Auffassung hängt vielleicht mit meiner Herkunft und meiner Verankerung in einem anderen sozialen Umfeld zusammen.

Zum Glück fand ich auch auf dieser Reise viele gleichgesinnte gesellige Reisende, meist Singles wie ich, die meine manchmal sicher überspitzt vorgetragenen Auffassungen zwar nicht durchweg teilten, sie aber auf gleicher Ebene mit mir diskutierten und mich bisweilen auch eines Besseren belehrten.

Einzelreisende auf dem Abstellgleis & Damenwahl beim Opernball

Die Ankündigung, dass nach der Renovierung im Europa Restaurant keine festen Plätze mehr vorgesehen waren, hatte mich schon vor Reiseantritt frustriert. Auf den bisherigen Reisen hatte ich die abendlichen Runden am Sechser- oder Achtertisch immer als sehr wohlwollend für Einzelreisende empfunden. Der Begrüßungsabend hatte mein Bedenken nur erhärtet. Sollte das nun jeden Abend so ablaufen?

Im Tagesprogramm für einen der nächsten Tage war ein EINZELREISENDENSTAMMTISCH als Treffpunkt für einzelreisende Gäste im Gatsby's angekündigt. Damit war der Wunsch verbunden: „Lernen Sie sich bei einem Cocktail kennen und treffen Sie vielleicht eine Verabredung für das gemeinsame Abendessen." Eine gute Möglichkeit, die unangenehme individuelle Sitzplatzsuche zu umgehen und zu sehen, wer die anderen der rund 40 Einzelreisenden sind.

Als alle gemeinsam zum Abendessen in das Europa Restaurant aufbrachen, entschieden Frau Raube, Frau Mieters und ich, einen Vierer-Tisch zu nehmen. Die kroatische Bekannte Frau Ilker gesellte sich zu uns. In dieser Runde nahmen wir auch an den folgenden Abenden häufig gemeinsam das Dinner ein. Mal verabredeten wir uns für das abendliche Essen im Lido Café, mal im Europa Restaurant oder in einem der Spezialitätenrestaurants. Damit hatte ich wieder eine feste Tischrunde gefunden. Diesmal allerdings eine selbstgewählte. Was natürlich auch seine Eigenheiten hat. Drei Damen müssen nicht immer so einträchtig miteinander umgehen, wie ich es bei der Reise mit Teresa, Anna, und Bettina vor drei Jahren in so entspannter Weise erlebt hatte.

Als ein kultureller Höhepunkt unserer Reise und dieser Kreuzfahrt-Saison wurde der MS EUROPA Opernball nach dem Vorbild des Wiener Opernballs angekündigt.

Nach einem musikalischen Willkommensgruß von einem Wiener Tenor und einer Sopranistin sollte der große Einzug der Offiziere und ihrer Damen folgen, die den traditionellen ersten Walzer tanzen. KAPITÄN Olaf Hartmann hatte anschließend die ehrwürdige Aufgabe, mit dem berühmten Kommando „Alles Walzer!" die Tanzfläche für alle Ballgäste freizugeben. Schon ein paar Tage vorher probten einige tanzfreudige Damen und Herren unter Anleitung eines Ballett-Paares die zu einem Opernball gehörende Quadrille. Auch Frau Raube, unsere Tischnachbarin, hatte begeistert an diesen Tanzkursen teilgenommen. Ich freute mich darauf, mehrere Bekannte bei diesem Ereignis aktiv mitwirken zu sehen.

Einen Tag vor dem Opernball erhielt ich von der Kreuzfahrtdirektorin – „der Hirtin der einsamen Lämmer", wie ich sie insgeheim scherzhaft nannte – eine persönliche Einladung zur **„Damenwahl beim Opernball"** mit der Bitte, an der Rezeption eine Nachricht über meine Teilnahme zu hinterlassen.

Lange überlegte ich, was diese Einladung wohl bezweckte. Sollte ich den einzelreisenden tanzwütigen Damen beim Tanzen wie ein lammfrommer Host zur Verfügung stehen? Ein Tanzmuffel, wie ich es bin bzw. nach außen demonstrierte! Und dann vielleicht noch Walzer tanzen! Beim Opernball! Auf klassischem Parkett vor Publikum! Unmöglich! Auf keinen Fall wollte ich in das Licht dieser Öffentlichkeit gerückt werden. Ein Schattenspringer eben! Ich fühlte mich richtig belämmert und nahm mir vor, einen Platz in den hinteren Reihen zu wählen. Bloß nicht in der Nähe der Tanzfläche.

Am Morgen des Opernballs gab ich die Einladung mit der knappen Bemerkung „Nein, danke!" an der Rezeption zurück. Im festen Glauben, das einzig Richtige zu tun.

Als „Zuschauer" erlebte ich im „Schatten der Ereignisse" unbeschwert und ohne Tanz-Druck das illustre Spektakel eines Opernballs im Kreise weiterer Einzelreisender in der Europa Lounge. Ich bewunderte Frau Raube beim Walzer mit dem Bordpfarrer, amüsierte mich über die kleinen Patzer bei der Quadrille und schunkelte stimmungsvoll mit beim Donau- und Frühlingsstimmenwalzer.

Und danach genoss ich das schon lange vorher gepriesene MS EUROPA Opernball-Mitternachtsbuffet: „Zum Schwarzen Kameel". Das grandiose Opernball-Buffet war von „Erna" mit der auffallenden Brille und einem Team des gleichnamigen legendären Wiener Traditionslokals mit erlesenen Schmankerln angerichtet und im Atrium prachtvoll umgeben von einem Meer von mehreren tausend Rosen präsentiert worden. Für den Opernball in diesem Jahr hatte man sich für Rosen in hellen Apricot-Tönen entschieden, die sehr gut mit dem Farbschema der umgebenen Räumlichkeiten harmonierten.

Ein paar Tage später. Die Kreuzfahrtdirektorin hatte gemeinsam mit dem Guest Relations Manager wieder einmal zu einem Stammtisch der Einzelreisenden eingeladen. Dabei kamen wir auch auf den Opernball zu sprechen. Bei dieser Gelegenheit wollte die Hirtin der einsamen Lämmer von mir wissen, warum ich die Einladung zur Damenwahl beim Opernball denn nicht angenommen hatte. Ich stutzte. Eine direkte Antwort war mir in dieser Runde dann doch ein bisschen peinlich. Ich gestand nur, dass ich ein schlechter Walzer-Tänzer sei und bei Damenwahl nicht von den tanzfreudigen Damen reihum zum Tanzen aufgefordert werden möchte. Es wäre sowohl für mich als auch für die Damen kein Vergnügen. Nach meiner knappen Ausrede begannen die Kreuzfahrtdirektorin und die anderen Damen am Tisch herzhaft zu lachen und zu diskutieren. Ich hätte die Einladung vollkommen falsch verstanden. Was die Einladung nun eigentlich bezweckte, ging im folgenden Stimmengewirr völlig unter.

Schade, ich wollte unbedingt im Schatten bleiben. Nun weiß ich gar nicht, was mich im Lichte erwartet hätte.

Beim nächsten Einladungsschreiben zur Damenwahl beim Opernball auf der MS EUROPA – sollte es so eine noch einmal geben – muss ich mich wohl vorher genau über Sinn und Zweck derartiger Einladungen informieren.

Es könnte ja sein, dass es im Lichte eines Opernballs selbst für einen notorischen Schattenspringer durchaus interessant sein könnte.

Es können nicht immer
Kaviar und Eintracht sein

Meine Bedenken, nach der verordneten neuen Sitzplatzordnung im EUROPA RESTAURANT und der für mich unangenehmen Platzsuche beim Begrüßungsabend andauernden geselligen Anschluss zu finden, hatten sich glücklicherweise schon bald nach den ersten Abenden auf See zerschlagen. Zumeist ergab es sich zwanglos, dass Frau Mieters, Frau Raube, Frau Ilker und ich Ort und Zeit des Abendessens vorher gemeinsam absprachen. An den Abenden machten wir abwechselnd von der kulinarischen Vielfalt der fünf Restaurants an Bord Gebrauch.

Frau Mieters schlug jeweils nach akribischem Studium des vorliegenden „Kulinarischen Fahrplans" für diese Reise die Termine für besondere Gourmet-Genüsse vor. Abwechselnd zu zweit, dritt oder viert je nach Vorliebe oder anderen Einladungen organisierte sie die benötigten Plätze in den Restaurants, in denen Reservierungen erforderlich waren.

Auf Deck 7 empfing uns das „Pearls" mit seiner Außenterrasse hoch über dem Meer in einem modernen Ambiente und mit einer fantastischen Aussicht. Die Menükarte präsentierte den Kaviar in seinen edelsten Formen. Kaviar war Bestandteil aller Gerichte, die durch Geschmackserlebnisse aus aller Welt geprägt waren. In mir weckt der Genuss von echtem Kaviar immer Erinnerungen an meine erlebnisreiche Studienzeit in Moskau, als ich Kaviar zum ersten Mal ausgiebig probierte und mich in den einmaligen Geschmack verliebte. Natürlich in Verbindung mit einem echten russischen Wodka.

Da die Menü-Karte in den vier Wochen unseres Aufenthalts leider nicht variiert wurde, begnügten wir uns mit Besuchen im „Pearls" an zwei Abenden. Es muss schließlich nicht immer Kaviar sein.

Zum Glück gab es ja auch noch andere kulinarische Genussmöglichkeiten an Bord.

Auf die Geburt von Frau Ilkers Urenkelin stießen wir zu dritt im „Venezia" an bei Gaumenfreuden der mediterranen Küche wie Pasta, fangfrischem Fisch, einer exquisiten Käseauswahl oder verführerischen Dolci.

Besonders feine Küche erwarteten wir vom jungen Drei-Sterne-Koch Kevin Fehling im „Globe". Seine unkonventionellen Kreationen waren in der Tat ein Fest für die Sinne. Meine Sinne nicht so angesprochen hat allerdings das kühl wirkende Ambiente der Räumlichkeit mit einigen freien Tischen. Ähnliche Ansichten hatten auch Frau Raube und Frau Ilker, die uns nicht unbedingt ins „Globe" folgen wollten.

Die gemeinsamen Dinner in den Spezialitätenrestaurants und die zwanglosen Verabredungen in legerer Atmosphäre – ohne einengendes Jackett – im „Lido Café" ließen mich die feste Sitzplatzordnung auf den vorherigen Reisen nicht – wie ursprünglich angenommen – vermissen. Ich hatte ja wieder feste Bezugspersonen.

Mit der Zeit lernten wir einander näher kennen. Neben den Reiseerlebnissen, den beruflichen Tätigkeiten und der familiäre Situation registrierte ich auch bestimmte Eigenheiten meiner Tischpartnerinnen, wie sie sicher meine auch. Anfangs nahm ich sie einfach nur wahr, ohne weiter über sie nachzudenken. Später fand ich bestimmte Eigenwilligkeiten und Marotten bisweilen sogar störend, nahm sie aber weiter hin, weil es anderenfalls die Harmonie hätte stören können. Auch ohne mein Zutun taten sie es.

Frau Rebau war sehr sachlich und interessiert, wenn es um Fragen aus Gesellschaft, Natur und Umwelt ging. Aber auch über Literatur und Krimis konnte ich mich gut mit ihr austauschen. Bei den Vorträgen und Podiumsdiskussionen meldete sich Frau Rebau mehrfach zu Wort. Der Sache wegen, nicht um sich zu präsentieren, wie mir schien. Sie ergänzte bzw. stellte aus ihrer fachlichen Sicht als Medizinerin bestimmte vorgetragene Positionen in Frage oder korrigierte sie aus meiner Sicht überzeugend, was im Nachhinein in unserer kleinen Runde nicht von allen so gesehen wurde.

Dass ich während der Vorträge immer neben Frau Rebau saß und wir uns über das Vorgetragene und den Vortragenden ständig – hoffentlich nicht störend – austauschten, fiel sogar manchem anderen Zuhörer auf. Ein Ehepaar, das mehrmals neben uns auf der Zuhörerbank saß, fragte mich im Anschluss an Frau Rebaus fundierten Anmerkungen zu einem Symposiums-Beitrag über die Transformation der Welt durch die Digitalisierung:

„Ist **Ihre** Ehefrau auch vom Fach?"

Natürlich klärte ich das Ehepaar über unsere Beziehungen auf.

Während des Abendessens erzählte ich die kuriose Episode schmunzelnd meinen drei Damen. Alle amüsierten sich köstlich. Nur eine Dame nicht. Es war nicht Frau Rebau.

Schon bei unserem Zwischenstopp im Flughafen von Singapur fiel mir Frau Mieters nicht zu bremsende Energie auf. Alles, oft belanglose Nichtigkeiten, mussten ohne langes Überlegen sofort und perfekt in Angriff genommen und in ihrem Sinne erledigt werden. Ansonsten konnte sie schnell unwirsch reagieren.

„Bleiben Sie ruhig!"
„Halten Sie mal kurz die Luft an!"
„Schalten Sie einen Gang zurück!"
„Warten Sie doch einen Augenblick!"

Mit solchen Worten versuchte ich, sie scherzhaft zu beruhigen und ihrem aufgebrachten Wortschwall Einhalt zu gebieten. Zumeist geschah das in ziemlich belanglosen Situationen, z. B. wenn beim Frühstück der bestellte Kaffee für mich, nicht für sie(!) nicht sofort kam oder einfach ein freier Platz am Tisch nicht gleich neu eingedeckt wurde. Frau Mieters verstand es auch gar nicht, wenn Fremde sie in ihrem unbändigen Bewegungsdrang aufhalten wollten. Nach einer solchen spontanen Überreaktion ihrerseits gestand sie mir einmal:

„Es muss aus mir raus, sonst ertrage ich es nicht."

Für mich war es eine ungewöhnliche Art, Probleme zu lösen und zu verarbeiten. Ich bin halt in dieser Beziehung eher der besonnene Fischkopp.

Aber nicht nur ihre Reaktionen waren gewöhnungsbedürftig. Auch ihr nicht zu stillender Tatendrang. Sie selbst buchte drei Ausflüge an einem Tag am selben Ort und beklagte sich anschließend darüber, dass die Angebote zeitlich nur unzureichend zu bewältigen waren.

An Seetagen nutzte sie ausdauernd alle nur möglichen Fitnessangebote, vom morgendlichen Walking mit Johann Strohmann oder dem Morning Stretch bis zum über den ganzen Tag verteilten Ganzkörpertraining, zu Yoga und Pilates. Das trug natürlich zu ihrem sportlich drahtigen Aussehen bei.

Und noch etwas Anderes schränkte mein Verständnis für ihr eigenwilliges Auftreten ein. Im Gegensatz zu mir brauchte Frau Mieters uneingeschränkte Aufmerksamkeit, die sie auch häufig auf sich zog. Sie fühlte sich im grellen Scheinwerferlicht unsäglich wohl. Ich mehr im Schatten.

Unvergesslich für mich war Frau Mieters Auftritt nach dem Essen am Kapitänstisch. Schon als sie uns über die Einladung informierte, spürte ich ihren Stolz und die Genugtuung, nun endlich für den Abend am Kapitänstisch ausgewählt worden zu sein. Ich gönnte ihr die Zuwendung.

Beim gemeinsamen Abendessen ganz entspannt ohne Frau Mieters hatten Frau Ilker, Frau Bauer und ich verabredet, zusammen ein Klavierkonzert mit dem jungen Pianisten Jan Lisiecki im Club Belvedere zu besuchen. Mit einer brillanten Spieltechnik in einer einfühlsamen Interpretation brachte der mehrfach ausgezeichnete junge Künstler klassische Stücke der Komponisten Bach, Bartholdy, Chopin und Beethoven zu Gehör.

Hingebungsvoll und andächtig lauschte ich den unverwechselbaren Pianoklängen des sympathischen jungen Interpreten. Bei Chopin mischten sich ein paar störende Klänge in mein Empfinden ein. Sie kamen nicht vom Pianisten, wie ich anfangs vermutete. Sie kamen vom rechten Eingang zum Konzertraum. Es war so ein leises „Klipp-Klapp, Klipp-Klapp", das mich ablenkte und meine Aufmerksamkeit auf sich zog. Keine Pianoklänge, sondern Trapsen von High Heels. Und von wem kamen sie? Ich sah genauer hin. Das war doch Frau Mieters, freudestrahlend im Arm des Kapitäns. Geräuschlos wies ich Frau Rebau auf meine Beobachtung hin. Sie wiegte ebenso verständnislos, aber verstehend mit dem Kopf. Der Kapitän begleitete Frau Mieters zu einem freien Platz, auf dem sie verzaubert von der ehrwürdigen Begleitung des Kapitäns diese für sie berauschende Situation genoss und verträumt die Augen schloss. Auf ihrem Gesicht lag so ein glückstrahlendes Lächeln, das ich bei ihr so noch nie gesehen hatte.

Bei anderen Gelegenheiten entgingen mir natürlich auch nicht die entrüsteten Auftritte, wenn andere Reisende Frau Mieters in ihrer überschwänglichen Freiheit einzuschränken versuchten.

Bei den landeskundlichen Vorträgen bzw. beim „Symposium auf See" hatten Frau Rebau und ich von Anfang an Ausschau nach guter Sicht auf die Projektionsfläche und auf den Lektor gehalten. Auf einer Polsterbank in der Mitte der Europa Lounge fanden wir geeignete Plätze. Frau Rebau begab sich meist vorzeitig in die Lounge, hielt Plätze frei und rückte die vor uns stehenden Sessel so, dass sie uns nicht die Sicht nahmen. Manchmal versuchten Paare, die Sessel vor uns wieder näher aneinanderzuschieben. Dann machten wir sie freundlich darauf aufmerksam, uns bitte nicht die Sicht zu nehmen. Die meisten Besucher der Veranstaltung reagierten sehr rücksichtsvoll.

Diesmal sahen wir mit Spannung dem Vortrag des Direktors des Hamburgischen Weltwirtschaftsinstituts (HWWI) Prof. Henning Völpel entgegen, der uns von seinen Auffassungen zum Thema „Digitalisierung: Die größte Kulturrevolution seit der Industrialisierung" überzeugen wollte. Prof. Völpel begann gerade damit, den umfangreichen Umbau der Gesellschaft durch die Digitalisierung zu veranschaulichen, als Frau Mieters – wie fast immer als letzte – den Gang hinunter stolziert kam, uns nicht sah oder nicht sehen wollte und auf einen Platz uns genau gegenüber zusteuerte. Ich sah noch, wie sie versuchte, einen Sessel direkt vor ein paar Zuschauer zu schieben. Dann ließ mein Interesse nach und ich konzentrierte mich wieder auf die interessanten Ausführungen, zu denen Frau Rebau noch ein paar Ergänzungen aus der Sicht einer Medizinerin hinzufügte.

Im Anschluss an den Vortrag stürmte Frau Mieters enthusiastisch auf uns zu. Ich dachte, sie wollte sich mit uns über den Vortrag und die Anmerkungen von Frau Rebau austauschen. Aber nein. Aufbrausend teilte sie uns ihre Wut mit über das ungehobelte Verhalten einiger Zuhörer. Mit unflätigen Bemerkungen hätten sie sie daran gehindert, im Sessel direkt vor ihnen Platz zu nehmen. Daraufhin hatte sie sich ihrer Darstellung nach demonstrativ auf die Stufen zum Gang gesetzt.

„Ich hätte mich auch auf den Teppich vor die Leute gelegt", merkte sie noch immer aufgebracht an.

Sie war fest davon überzeugt, völlig im Recht gewesen zu sein. Was sollte man dazu noch sagen? Vielsagend schaute ich Frau Rebau an. Beide ersparten wir uns jeden Kommentar.

An den folgenden Abenden zu viert machte sich eine gewisse innere Spannung bei den Damen breit. Die Gespräche verliefen nicht mehr so harmonisch wie anfangs. Es kam häufiger zu unnötigen kontroversen Meinungsäußerungen, auf die jede meiner drei Kreuzfahrt-Partnerinnen „not very amused" reagierte. Die anfängliche Eintracht schien allmählich verloren zu gehen.

Waren es nur unterschiedliche Meinungen, die aufeinanderstießen? Oder war es ein sogenannter „Zickenkrieg" unter zu selbstbewussten Damen? Für Letzteres hatte ich wenig Verständnis. Da hielt ich mich lieber raus. Was kann ein Leisetreter wie ich verbal schon tun, wenn kontroverse Meinungen von drei Damen stimmungsgeladen aufeinandertreffen?

Ein Grund für die Stimmungsschwankung könnten sicher auch die deprimierenden Informationen über das Corona-Virus und die Auswirkungen auf unsere Reise gewesen sein.

Die gemeinsamen Abende zu viert wurden seltener. Ich überhörte am Nachmittag auch schon mal das Klingeln des Telefons, wenn ich eine bestimmte einseitige Verabredung vermutete. Oder ich setzte mich am Abend zu Teresa und Robert an den Tisch. Immer eine willkommene Abwechslung für mich.

Auch wenn Frau Mieters und Frau Rebau sich wieder einmal allzu heftig widersprachen, hielt ich mich mit einseitig unterstützenden Argumenten meist zurück und versuchte lediglich beide zu besänftigen. Dafür musste ich in einem persönlichen Gespräch fast am Ende der Reise heftige Kritik von Frau Mieters einstecken. Wahrscheinlich war sie so enttäuscht von mir, dass wir nicht einmal zum Austauschen der Adressen am Schluss der Reise kamen.

Es kann eben nicht immer Eintracht herrschen. Und man muss nicht alles hinnehmen allein des lieben Friedens wegen. Auch in den selbstgewählten Tischrunden nicht. Da möchte der versierte Schattenspringer einfach nicht ständig hin- und herspringen und verharrt lieber in der abwartenden Position.

Aloha – Oahu – Kauai
Hawaii, ich komme

Morgen werden wir ein Sehnsuchtsziel meiner Kreuzfahrtträume erreichen – Hawaii. Wir sind nur noch 2625 Seemeilen entfernt.

Heute mache ich es mir noch einmal so richtig bequem an Bord. Diesmal genieße ich im Schatten eines Strandkorbs auf Deck 9 den letzten Seetag vor Hawaii.

Strahlend blauer Himmel.

Sonne pur. (Ich bin ja geschützt! Dank Implantat und Strandkorb.)

Angenehme frische Brise.

Leicht bewegte See.

Zunehmende Dünung.

Im Strandkorb liegend beobachte ich, wie sich der Horizont über der Reling höher und höher hebt und sich langsam und regelmäßig wieder senkt. Beruhigend wie ein Uhrwerk, das sich einer traumhaften Zeit nähert. Hoffentlich ohne mimosenhafte Dispute.

Weit und breit noch kein Land in Sicht.

Kein Hochhaus auf See, kein Frachter, nicht einmal ein Fischerboot.

Fernab von Zeit und Raum fühle ich mich ausgesprochen wohl.

Ab und zu lenke ich meine Aufmerksamkeit wieder an Bord. Auf der mir gegenüberliegenden Schiffsseite sonnen und vergnügen sich die jungen Leute vom Entertainment. Ein wohltuender Anblick. Ein Kontrast zum Anblick meiner übrigen Kreuzfahrtgeneration an Bord. Erfrischend für Geist und Körper.

Der immer strahlende Steward von den Philippinen erscheint mit seinem Tablett und bietet mir einen Eistee an. Hat das etwas zu bedeuten? Abkühlen und beruhigen?

Während ich das Erfrischungsgetränk genieße, werfe ich einen kurzen Blick in die Informationen für den morgigen Tag. Wichtigster Punkt: Einreisekontrolle in die USA. Neben der Erläuterung zum Ablauf der Kontrolle durch die USA-Behörde gibt es auch den Hinweis, „dass es von deutlichem Vorteil ist, den USA Behörden freundlich zu begegnen".

Aha, denke ich, diese Anspielung richtet sich sicher an die unfreundlichen, arroganten Egomanen unter den Passagieren, die annehmen, dass für sie die üblichen Regeln eines harmonischen Zusammenlebens auf der MS EUROPA nicht gelten. Gemeint sind Personen, die

» nicht grüßen,
» trotz freundlicher Bitten grimmig reagieren,
» Desinfektionsgeräte negieren,
» sich ungeniert vordrängen,
» stundenlang Plätze belegen, ohne sie zu nutzen.

Die Leitung scheint also ihre Pappenheimer zu kennen.

Beinahe heimtückisch wünsche ich solchen kulturlosen Personen eine Konfrontation mit der Behörde. Mit energischen Sanktionen! Nur möchte ich nicht hinter ihnen in der Reihe stehen.

Am nächsten Morgen lasse ich mich früher wecken. Ich möchte unbedingt die Einfahrt in den Hafen von Honolulu ganz in Ruhe erleben. Honolulu auf der Insel Oahu – Nabel aller hawaiianischen Inseln, Residenzstadt der Könige im 19. Jahrhundert, seit 1893 Hauptstadt der Republik Hawaii-Inseln. In der Übersetzung heißt der so klangvolle mit vielen Emotionen verbundene Name **Honolulu** „geschützte Bucht".

Bevor ich Honolulu hautnah erleben werde, versuche ich, die von mir gespeicherten Informationen in Erinnerung zu rufen. Da fallen mir die amerikanischen Serien und Filme ein wie „HAWAII FIVE-0", „Magnum" ...

Ich erinnere mich daran, dass Prominente wie US-Präsident Barack Obama bzw. die Schauspielerinnen Bette Midler und Nicole Kidman in Honolulu geboren wurden. Mir fällt der jährliche Marathon-Lauf (Iron-Man?) ein. Ich habe auch einiges über Pearl Harbor und einen der schwärzesten Tage Amerikas gehört. Ein Besuch von Pearl Harbor steht ganz oben in meinem Ausflugs-Programm. Darf meinen geschichtskundigen Bruder nicht enttäuschen.

Aus der Ferne rückt die Skyline von Honolulu immer näher. Auf meiner Balkonseite glaube ich den Aloha-Turm zu erkennen. In morgendlicher Stille machen wir an der Pier fest. Der Aloha befindet sich fast gegenüber. Also ist es nicht weit bis zur Altstadt. Keine Begrüßungszeremonie mit Blütenkränzen und „Aloha". Dieses Wort dient gewöhnlich zur Begrüßung und wird auch allgemein als Wort für Liebe gebraucht. Soll der vielgerühmte Geist des „Aloha", der über die Insel weht, sich für uns verflüchtigt haben?

Bis zur Lautsprecherdurchsage über den Beginn der Einreisekontrolle für mein Deck habe ich noch Zeit, vom Balkon meiner Suite ein paar Fotos zu schießen und die Hafen- und Ausflugsinformationen für Honolulu zu lesen.

Die angekündigte Einreisekontrolle verläuft unerwartet zügig und freundlich. Ohne besondere Vorkommnisse. Da hatten wohl einige der Exzentriker die Abfertigungshinweise aufmerksam gelesen und sich doll zusammengerissen.

Für diesen ersten Tag in Hawaii hatte ich keinen Ausflug gebucht. Zum einen wollte ich unkommentiert das erträumte Paradies mit eigenen Augen betrachten, die Luft einatmen, in den Pazifik eintauchen und die Seele baumeln lassen.

Zum anderen hatte ich schlechte Erfahrungen bei einem der letzten gebuchten Ausflüge gemacht. In den Ankündigungen zu einem Ausflug auf den Fidschis war vermerkt, dass die Erklärungen in Englisch erfolgen. Bei einer Nachfrage am Touristik-Schalter versicherte man mir jedoch, dass eine Begleiterin vom Schiff übersetzt. Das tat die junge Dame dann auch im ersten Teil des Ausflugs zu meiner vollen Zufriedenheit. Ohne jeglichen Hinweis oder erkennbaren Grund schwieg sie jedoch im weiteren Verlauf des Ausflugs und überließ dem einheimischen Reiseleiter mit typisch polynesischem Akzent alle weiteren Erläuterungen in englischer Sprache. Mit meinem Schulenglisch hatte ich große Mühe, den Ausführungen zu folgen, was mir nur in Ansätzen gelang. Als der Wortschwall in Englisch auf der Rückfahrt zum Hafen mehr als 30 Minuten anhielt, war ich echt genervt. Und nicht nur ich. Beim Aussteigen aus dem Bus teilte ich der Dame vom Touristik-Team meine Enttäuschung über die fehlende Übersetzung mit. Sie reagierte nur lapidar mit: „Okay!"

Für mich ist es immer wieder völlig unverständlich, dass man auf einem deutschsprachigen Luxuskreuzfahrtschiff geplante Ausflüge nur in englischer Sprache anbietet. Einen beachtenswerten Erklärungsversuch fand ich in Veröffentlichung zum 30. Jahrestag der deutschen Einheit:

„Offenkundig hat die Anpassung der Westdeutschen an ihre einstige Besatzungsmacht sprachlich nachhaltiger gewirkt als jene der Ostdeutschen,", mutmaßt der Ideenhistoriker Jürgen Große in seinem Fremdwörterbuch zur Sprache der Einheit.

Aha, jetzt beginne ich zu verstehen, warum westdeutsche Muttersprachler sich so perfekt und stolz fühlen, wenn sie sich selbstbewusst in ein Kauderwelsch flüchten, das sie für perfektes Englisch halten, während ich mich fast schäme, wenn ich nur vorsichtig andeute, dass ich ein wenig Russisch spreche (nach vierjährigem Studium). Es könnte ja bewirken, dass der eine oder andere mich nach einem misstrauischen Blick sofort dem KGB zuordnet.

Obwohl das notorische OK (Okay) sich im Verlauf von dreißig Jahren auch in meinen Sprachgebrauch einschlich, reicht mir das OK der deutschen Reisebegleiterin von Hapag-Lloyd bei dem Ausflug auf den Fidschis als Antwort nicht. Ich stelle mir den Ausflug einer amerikanischen Reisegruppe nach Heidelberg vor, der ausschließlich in deutscher Sprache durchgeführt wird, ohne Übersetzung. Auf die Proteste der Amerikaner möchte ich nicht reagieren.

Aber „mit uns kann man's ja machen", wie es so treffend in einem ostdeutschen Schlager hieß.

Eine meiner nächsten Reisen mit Hapag-Lloyd soll mich übrigens nach Kamtschatka führen. Ich bin gespannt, ob die Ausflüge dort auch nur in russischer Sprache angeboten werden. Wäre für mich kein Problem.

Beim Austausch über unsere Reiseeindrücke vom Tag stimmte Frau Ilker (aus Kroatien) am Abend meiner Kritik zur ausschließlich englischsprachigen Ausflugsbegleitung zu. Frau Rebau, einige Jahre in Kanada englisch-sprachig aufgewachsen, schmunzelte nur. Vielleicht dachte sie „typisch Ossis". Für mich durchaus verständlich. Umgekehrt denke ich ja manchmal ähnlich.

Mag sein, dass dem auch meine Einstellung zu Donald und Wladimir zugrunde liegt. Immerhin ist mir die Soljanka noch immer lieber als der Hamburger von McDonalds. Ebenso imponieren mir infantile Trampelpfade nicht. Wladimir wird mich verstehen.

Erwartungsvoll begab ich mich am ersten Morgen auf Hawaii gegen 9 Uhr auf meine individuelle Erkundungstour. Ohne englischsprechenden Guide. Nur mit Stadtplan und einem kleinen Reiseführer für Honolulu in deutscher Sprache. Bis zum Aloha Tower war es wirklich nicht allzu weit. Der Turm sollte mir als Orientierung für meinen Spaziergang durch die in der Nähe befindliche Altstadt reichen.

Als Erstes wollte ich mir einen Überblick über die Stadt verschaffen. Wie könnte man das besser, als das ehemals höchste Gebäude der Stadt, den Aloha Tower, zu besteigen. Der 1926 errichtete Aloha Tower wird heute zwar von den zahlreichen Wolkenkratzern in der Höhe locker überflügelt, gehört aber immer noch zu den wichtigsten Wahrzeichen der Stadt. Schnell fand ich den Aufzug zur Aussichtsplattform des zehnstöckigen Turms, von dem man einen tollen Blick über den Hafen sowie das Finanzviertel Honolulus haben sollte.

Rund um den Tower war heute alles menschenleer. Nur unmittelbar vor dem Eingang zum Fahrstuhl saß eine wohlproportionierte Hawaiianerin, blätterte desinteressiert in irgendwelchen Dokumenten, betätigte ihr Smartphone und würdigte mich keines Blickes. Die Hinweise zum Umgang mit US-Behörden noch im Hinterkopf, fragte ich vorsichtig und überfreundlich in meinem mageren Schul-Englisch:

„Is the tower open?"

„Of course!", war die einzige knappe Reaktion.

Kostenlos und ohne die im Prospekt angekündigte Sicherheitskontrolle stieg ich ganz allein in den Lift und fuhr zur Aussichtsplattform. Auch dort keine Menschenseele. Irgendwie kam mir das alles etwas merkwürdig vor.

Dafür ein toller Blick von oben über den Hafen, die Altstadt sowie das Finanzviertel Honolulus. Ich konnte sogar die MS EUROPA orten und den bereits 1878 in Schottland gebauten Viermaster „Falls of Clyde".

Vom Hafen aus machte ich einen kleinen Abstecher nach Chinatown. Hier eröffnete sich für mich ein ganz neues Gesicht Honolulus. Rund um die Maunakea Street entstand schon in den 1870er Jahren ein eigenes Stadtviertel der chinesischen Bevölkerung Hawaiis, die seit 1850 vermehrt auf den Inseln lebt und arbeitet. Abends soll hier das Leben in den Bars und Clubs rund um die Hotel Street pulsieren. An diesem Vormittag war davon allerdings noch nichts zu spüren.

Mein Spaziergang führte mich weiter entlang der Beretania Street. Hier findet man auf engem Raum einige der wichtigsten historischen und politischen Gebäude der Stadt. Ich kam am Iolani Palace vorbei, dem ehemaligen Sitz der hawaiianischen Königsfamilie. Der Palast ist eine der wichtigsten Sehenswürdigkeiten in Honolulu und der einzige Königspalast auf amerikanischem Boden. Seit 1882 residierten die hawaiianischen Herrscher in diesem dreistöckigen Palastgebäude im Rokoko-Stil, das heute ein Museum ist. Vor dem Gerichtsgebäude und der davor befindlichen Statue des berühmtesten Hawaii-Königs Kamehameha I. ließ ich mich auf einem Foto verewigen.

Für den Nachmittag nahm ich mir einen Strandbummel am Waikiki Beach vor. Beim Verlassen des Schiffes traf ich an der Gangway Frau Mieters, die, obwohl sie gerade erst von einer Taxitour durch die City zurückgekehrt war, sich mir sofort bedenkenlos anschloss. Mit dem kostenlos zur Verfügung stehenden Shuttlebusservice fuhren wir bis zu einem Einkaufszentrum am Hyatt Regency Waikiki, direkt gegenüber der Strandpromenade.

Gemeinsam schlenderten wir entlang des vier Meilen langen Strandes in Richtung Diamond Head Krater. Auf der einen Seite eine bunte Mischung zwischen Hotels, Luxusgeschäften, Restaurants und Bars mit einheimischen Cocktails und exotischen Namen. Hier genießt man es, in diesem Paradies zu sein. Nicht umsonst nennt man Waikiki auch das „Manhattan des Pazifik".

Nach einiger Zeit erreichten wir dann die weltberühmte Statue des olympischen Goldmedaillen-Gewinners im Schwimmen (1912 & 1920), der zugleich Begründer des modernen Wellenreitens ist: Duke Paoa Kahanamoku. Die Statue dieser Surfsport-Ikone ist ein heißbegehrtes Fotomotiv. Auch wenn die Sonne nicht so günstig stand, schossen wir, als wir an der Reihe waren, das obligatorische Foto.

Beim Anblick der quirligen Reklame für die zahlreichen abendlichen Attraktionen und Dinner-Shows kamen wir auf den Geschmack, einen der kommenden Abende im Waikiki-Beach-Bereich bei einer der zahlreichen polynesischen Revuen zu verbringen. Auch diese Seite Honolulus wollte ich nicht versäumen. Dazu brauchte ich natürlich ein echtes Hawaii-Hemd. Frau Mieters war wie immer sofort bereit, mir bei der Auswahl behilflich zu sein. Am besten gleich auf dem Rückweg. In einer Shopping Mal direkt an der Haltestelle des Shuttlebusses wurden wir fündig. In der „Coral blue Boutique" hatte ich die Qual der Wahl. Für mich kam es vor allem darauf an, bloß nicht zu auffällig, nicht zu kostspielig, aber „Made in Hawaii".

Nach kompetenten Hinweisen meiner modebewussten Begleiterin entschied ich mich für ein kurzärmeliges meerblaues Hemd mit großen weißen Orchideenblüten darauf zum Preis von 50 Dollar (schon um 50 % reduziert!) und wunschgemäß „Made in Hawaii".

Vorsicht bei
Genitiv und Dativ

Morgen sollte es also noch einmal nach Waikiki Beach gehen. Mein neu erworbenes meerblaues Hawaii-Hemd mit den großen Blumen hing schon am Garderobenhaken. Die Badesachen waren verstaut. Alles lag griffbereit für den Strandaufenthalt. Ich freute mich auf das Baden im warmen Südseewasser und hoffte auf die unterstützende Wirkung des Implantats.

Inzwischen war es kurz vor Mitternacht. Doch keine Spur von Müdigkeit. Lag es an der aufgeheiterten Stimmung nach dem Besuch der Sansibar oder an den noch unklaren Vorstellungen zum weiteren Reiseverlauf?

Nach einem verträumten Blick vom Balkon meiner Suite auf das erleuchtete Panorama von Honolulu griff ich nach meinem Smartphone. Ich hatte noch ein paar Freiminuten für die kostenlose Nutzung des WLAN-Netzes an Bord. Vielleicht gab es noch interessante Neuigkeiten aus der Heimat. Gleich nach der Einwahl ertönte ein Brummen. Auf dem Display erschien bei WhatsApp eine 3. Meine „Freunde" hatten Nachrichten verschickt.

Die erste kam von meiner autistisch angehauchten Schmuckexpertin. Ich las:

„... *genitiv ins wasser wenn es dativ ist.*"

Was meinte sie damit? Ich las die Worte mehrmals laut. Was hatte die Grammatik mit meinem morgigen Baden im Wasser am Waikiki Beach zu tun? Welche genitivischen Sachen sollte ich ins Wasser werfen, wenn sie dativiert sind? Ich war doch nicht am Amazonas.

Die zweite Nachricht war von unserem Grammatikprofi.

„... *muss man kurz überlegen*", konstatierte er oberlehrerhaft.

Sicher hat er sofort herausgefunden, dass vor *wenn* ein Komma stehen muss.

Kurz vor zwölf Uhr setzte meine ansonsten so konkrete Finanzberaterin noch eins drauf:

„Ich hab's!"

verbunden mit einem Video von Maik Krüger und seinem Lied „Sie müssen nur den Nippel durch die Lasche zieh'n ..."

Ja, was hatte sie denn nun herausgefunden? – Abstrakte Kommentare. Meine Denkapparatur funktionierte jedenfalls nicht.

Inzwischen war es Mitternacht. Missmutig schaltete ich mein Smartphone aus. Meine Nerven kamen jedoch nicht zur Ruhe. Die halbe Nacht schossen mir die vielfältigsten Gedanken durch den Kopf. Was hatten die Hinweise auf „Genitiv" und „Dativ" nur zu bedeuten? Vielleicht wollten meine besorgten Freunde einfach testen, ob der alte Knabe unter südlicher Sonne noch denken kann.

Na, den Gefallen werde ich ihnen nicht tun. Ich reagierte also nicht auf ihre undurchsichtigen WhatsApp-Meldungen.

Mit der Schlussfolgerung: „Vor dem Schlafengehen schaust du nie wieder auf dieses blöde Smartphone", ging ich zu Bett.

Etwas zermürbt und unausgeschlafen nach den abendlichen Überlegungen, aber voller Freude auf das abschließende Baden im tiefblauen Wasser von Waikiki fuhren Frau Mieters und ich am nächsten Vormittag erneut zum Waikiki-Beach und fanden im belebten Strandarial noch ein schattiges Plätzchen. Eine angenehme Brise sorgte für leichten Wellengang. Wagemutig zeigten die Surfer ihre Kunststücke. Frau Mieters, der ich von meiner Lichtempfindlichkeit und meinen Schwimmkünsten erzählt hatte, rief mir auf meinem forschen Weg ins Wasser besorgt hinterher:

„Geh'n Sie nicht ins tiefe Wasser. Wegen **dem** Wind."

„Wegen **des** Windes! Genitiv! Genitiv! Genitiv!", rebellierte es in mir.

Plötzlich schoss es wie ein Blitz durch mein malträtiertes Gehirn:

Genitiv – Wasser – Dativ.

Da war doch noch was? Jetzt hab' ich's. Du Schwachkopf. Deine Freunde wollten dir gestern Abend nur ein neues Sprachspiel vorstellen. Und dein Denkapparat schnallte das nicht und plagte sich eine ganze Nacht.

Na wartet! Das werde ich euch heimzahlen, wenn ich ...

Frau Rebau hatte uns inzwischen drei Plätze für eine Dinnershow am Waikiki Beach am letzten Abend als krönenden Abschluss unseres Aufenthalts in Honolulu organisiert. Unsere Vorfreude war riesig.

Während das glitzernde Ferienzentrum Honolulu mit seinem typisch amerikanischen Flair, mit Wolkenkratzern, den breiten Avenuen, mit dem turbulenten Waikiki Beach, den idealen Surfmöglichkeiten und mit einem pulsierenden Nachtleben bei jungen Leuten punktet, ziehe ich gewöhnlich die einsamen von schattenspendenden Palmen umsäumten weitgehend naturbelassenen Sandstrände vor sowie die tropischen Wälder mit ihrer urwüchsigen Blüten- und Pflanzenpracht. Derartige wunderbare Eindrücke konnte ich auf der Insel Kauai gewinnen.

Kauai– die Garteninsel – ist die älteste der hawaiianischen Inseln mit grünen Regenwäldern, zahlreichen Wasserfällen, zerklüfteten Küsten und spektakulären Klüften. Wir wanderten auf Kauai durch einen der Botanischen Gärten und bewunderten die Vielfalt der Pflanzen der Subtropen und Tropen: Bougainvilleen, Frangipani, Hibiskus, Orchideen, Plumerien und viele andere inmitten malerischer Wasserfälle, Flussufer und Wohnbauten Einheimischer. Wir konnten die zitierten Worte der Eingeborenen „Nur Eden ist schöner" voll und ganz bestätigen.

Die Krönung dieses Ausflugs erlebten wir dann noch auf der Rückfahrt mit dem Bus zum Hafen. Von einem atemberaubenden Aussichtspunkt aus hatten wir das große Glück, Buckelwale sich in einer Bucht tummeln zu sehen.

Den unvorhergesehen letzten Ausflug dieser Reise machte ich nach Pearl Harbor. Pearl Harbor ist ein Hafen und Hauptquartier der Pazifikflotte der United States Navy auf der Insel Oahu. Weltweit bekannt geworden ist er durch den Angriff der japanischen Streitkräfte am 7. Dezember 1941 auf die US-Pazifikflotte.

Als an jenem Morgen die ersten japanischen Maschinen über Pearl Harbor auftauchten, schliefen die meisten Matrosen der amerikanischen Pazifikflotte noch. Im Hafen lagen acht amerikanische Großkampfschiffe. Getroffen von japanischen Bomben und Torpedos explodierte die *Arizona* und sank mit 1177 Mann an Bord. Die *West Virginia*, *Oklahoma* und *California* gingen unter, andere wurden schwer beschädigt.

Am darauffolgenden Tag erklärte der amerikanische Kongress Japan den Krieg. Damit erfolgte zugleich der Kriegseintritt der USA in den Zweiten Weltkrieg.

Noch immer dient Pearl Harbor als Hauptquartier der Pazifikflotte der US-Marine. Weltweite Bekanntheit erlangte es durch die dort befindlichen Gedenkstätten.

Nach einem – typisch amerikanisch – aufwendigen Check-in und einer Sicherheitskontrolle konnten wir uns mit Hilfe eines Audio-Guides in deutscher Sprache in der Anlage umsehen. Zunächst sahen wir im Besucherzentrum einen Einführungsfilm, der uns die wesentlichen geschichtlichen Zusammenhänge aus amerikanischer Sicht zu verdeutlichen versuchte. Anschließend reihten wir uns ein in die Schlange der Wartenden für die Bootsfahrt zum *Arizona Memorial*. Über dem Wrack der USS Arizona, welches noch immer auf dem Meeresgrund liegt, hat diese schwimmende Gedenkstätte für Besucher geöffnet. An diesem historischen Platz bekam ich eine Gänsehaut, als ich unter mir die versunkenen Überreste der USS Arizona erblickte und sie in Beziehung setzte zu den heldenhaften und bestürzenden Geschichten, die ich im Museum vermittelt bekam.

Für mich ist Pearl Harbor ein wahrer Platz der Geschichte, den ich unbedingt gesehen haben musste, um mir ein eigenes Bild von den Geschehnissen vor rund achtzig Jahren machen zu können.

Zurückgekehrt von dem geschichtsträchtigen Pearl-Harbor-Ausflug informierte uns Kapitän Hartmann, dass US-Präsident Trump für alle Europäer die Einreise in die USA in drei Tagen sperrt. Diese Information rief natürlich Bestürzung und Betroffenheit unter uns Passagieren hervor. Unsere schon einmal geänderte Kreuzfahrtroute sollte nach zwei weiteren Tagen auf Hawaii direkt nach San Francisco führen.

Wie soll es mit unserer Kreuzfahrt nun weitergehen?

Wann müssen wir Honolulu verlassen?

Steuern wir noch Lahaina auf Maui und Hilo auf Big Iland an?

Diese und viele andere Fragen bestimmten alle Gespräche an diesem Abend.

Für Frau Rebau, Frau Mieters und mich stellte sich außerdem die Frage, ob wir die geplante Show am folgenden Abend noch besuchen können. Die Eintrittskarten von immerhin 175 Dollar pro Person waren schließlich schon bezahlt.

Die Informationen zum Auslaufen aus Honolulu änderten sich ständig. Erst 23.30 Uhr, dann 18.00 Uhr und schließlich 21.00 Uhr.

Meine Freude auf einen vergnüglichen unbeschwerten Showabend in Honolulu wich einer Befürchtung, das Schiff nach der Show nicht rechtzeitig und komplikationslos zu erreichen. Wir beschlossen, ein solches Risiko nicht einzugehen. Dankenswerterweise gelang es Frau Rebau am nächsten Tag, die Eintrittskarten kostenfrei zu stornieren.

Die in der Reiseankündigung gepriesene „Magie von Hawaii" zeigte sich uns wahrlich in ihren vielschichtigen Facetten. Sie verwandelte sich von einer anfänglichen ungeteilten Bewunderung der hawaiianischen Harmonie von Landschaft und Lebenslust über eine Phase persönlicher Ungewissheit über ein weiteres Interesse an einem Aufenthalt in diesem Land bis hin zu Zweifeln an einer erzwungenen Abschiednahme.

Auf mich schien die Magie von Hawaii plötzlich ihre Wirkung verloren zu haben. Ich hatte nur noch einen Wunsch. Auf dem schnellsten Weg nach Hause.

Fragte sich nur: Wie?

Tausende Meilen von der Heimat entfernt galt es, noch einige Hürden zu überwinden. Nicht einmal die weitere Route war zu diesem Zeitpunkt klar. Nur Schatten, kein Licht. Selbst für einen notorischen Schattenspringer keine annehmbare Alternative.

„Wohin soll denn die Reise geh'n?
Wohin, ja wohin, ja wohin?"

Diese Zeilen aus einem bekannten Lied meiner Kindheit gingen mir an den folgenden Tagen nicht mehr aus dem Kopf, wenn es um die sich ständig ändernden Zeiten und Orte unserer Weiterreise ging.

Am 12. März gegen 21 Uhr verließen wir den Hafen von Honolulu. Als nächstes Ziel wurde Acapulco in Mexiko anvisiert, das wir nach einigen Seetagen erreichen würden.

Am zweiten Seetag der ungewissen Überfahrt fand ein „Symposium auf See" statt. Das Thema des Eröffnungsvortrages lautete „Digitalisierung – die große Transformation unseres Lebens". Zumindest der zweite Teil des Wortlauts ließ sich – im Nachhinein betrachtet – auf unsere aktuelle Kreuzfahrtsituation übertragen.

Im Anschluss an das Symposium hatte Kapitän Hartmann alle Passagiere offiziell in die Europa Lounge gerufen. Unsere Erwartungen waren dementsprechend hoch, denn die Gerüchteküche unter den Passagieren brodelte. Manche wollten gehört haben, dass es auch die Möglichkeit gibt, mit der EUROPA bis Hamburg durchzufahren. Andere sprachen von Quarantänezeiten auf See.

Bereits bei den ersten Worten „Zunächst noch zu Acapulco", mit denen Kapitän Olaf Hartmann seine Ankündigungen einleitete, wurde ein Murmeln unter den Passagieren hörbar.

„Zunächst noch zu Acapulco!"
Was sollte das heißen?
Ist der Zielhafen Acapulco noch aktuell?
Wie geht es von dort weiter?

Nach diesem – aus meiner Sicht nicht sehr glücklich gewählten Einstieg – informierte der Kapitän uns über gegenwärtige Absprachen mit Hapag-Lloyd in Hamburg.

- » In der Zeit vom 21. bis 23.3. erfolgt der Rückflug von Mexiko nach Deutschland mit Lufthansa bzw. KLM.
- » Von Acapulco gibt es einen Transfer nach Mexiko City.
- » Für die Passagiere soll es einen Flug nach Mexiko City geben. Das Gepäck könnte über Landstraßen transportiert werden. (Aufkeimender Protest von einigen Reisenden.)
- » Die Ausschiffung erfolgt für alle Passagiere und das Servicepersonal der MS EUROPA. Allerdings dürfen die Philippinos nicht in ihr Heimatland einreisen. (Bestürzung unter den Passagieren.)
- » Auch alle anderen Hapag-Lloyd-Schiffe werden kurzfristig ausgeschifft.

In der sich anschließenden bewegten Diskussion ging es u. a. darum, ob die Sicherheit für Passagiere und Gepäck denn in Mexiko überhaupt gegeben sei. Von einzelnen Passagieren wurde sogar die ausdrückliche Bitte geäußert, die Bundeskanzlerin und den Gesundheitsminister persönlich einzuschalten. Es traten aber auch schon fast an Meuterei grenzende Statements auf wie:

„Wir wollen bis Hamburg mitfahren!"
oder
„Wir weigern uns, in Mexiko von Bord zu gehen!"

Besonnen und vertrauenswürdig reagierte Olaf Hartmann auf die kontroversen Äußerungen und versprach, sie an die Reederei weiterzuleiten.

Beim Nachmittagskaffee im Club Belvedere kam bereits einer der Langzeitreisenden mit einer Petition bezüglich einer Weiterreise mit der MS EUROPA nach Hamburg zu mir an den Tisch und bat um meine Unterschrift. Wer bis Hamburg durchfahren möchte, sollte sich in die beigefügte Liste eintragen. Ich bat mir noch Bedenkzeit aus.

Die mehr als vier Wochen längere Reise bis Hamburg störte mich weniger. Zu Hause erwarteten mich keine unbedingt zu erledigenden Aufgaben. Ich hatte nichts zu versäumen. An Bord reizten mich hingegen zum einen die genussvoll servierten Speisen, das tägliche Unterhaltungsprogramm, der stimmungsvolle Blick von der Suite auf das Meer und die ständige Abwechslung, ob am Pool oder in der Sansibar. All das, was ich zu Hause nicht hatte.

Viel mehr beschäftigten mich die Informationen zur Ausbreitung des Coronavirus und zu den internationalen Reaktionen darauf. Ist es vielleicht in dieser Situation nicht logischer, auf dem schnellsten Weg nach Deutschland, nach Hause zu kommen? Hinzu kamen einige ganz praktische Einwände gegen einen verlängerten Aufenthalt an Bord, zum Beispiel dass die mitgenommenen Medikamente nicht reichen.

Beim anschließenden Einzelreisendenstammtisch tauschten wir uns ausführlich über unsere Auffassungen zu der Petition aus. Dabei erfuhr ich auch, dass der Initiator der Petition zu den Langzeitreisenden gehörte, dessen Reise sowieso erst offiziell im Mai enden würde. Außerdem bestünde seine ganze Sorge wohl vornehmlich darin, wie er seine **elf** Koffer nach Deutschland bekommen würde. Die Singles in unserer Runde hatten diese Probleme nicht. Deshalb hatte auch niemand von uns, wie sich herausstellte, seine Unterschrift gegeben.

Im Zuge der Entwicklung des Coronavirus veränderte sich die Situation für Kreuzfahrtschiffe in aller Welt täglich. Die rigoros verschärften Einreisebestimmungen für zahlreiche Länder, kurzfristige Anlegestopps für Kreuzfahrtschiffe in immer mehr Häfen sowie eingeschränkte Flugmöglichkeiten und eine weltweit ausgesprochene Reisewarnung des Deutschen Auswärtigen Amtes führten zu ständig neuen Verunsicherungen sowohl bei uns Passagieren als auch bei der Crew.

Die mit der Petition von einigen Reisenden beabsichtigte Durchfahrt mit dem Schiff nach Hamburg wurde schon bald von der Reederei verworfen. In einem Schreiben der Geschäftsführung von Hapag-Lloyd aus Hamburg wurde uns darüber hinaus mitgeteilt, dass nicht von Acapulco, sondern von Puerto Vallarta in Mexiko die Rückkehr nach Deutschland erfolgen solle.

Der offizielle Abbruch der Seereise in Puerto Vallarta sei im Zuge der Wahrnehmung der Verantwortung des Reiseveranstalters für alle Passagiere alternativlos. Für den Rückflug nach Deutschland würden Charterflüge organisiert werden.

Am 18. März – drei Tage vor der angekündigten Ausschiffung in Puerto Vallarta – erhielten wir am Vormittag in einer Programmänderung für den Tag die Mitteilung, dass es zwei festgelegte Sonderflüge, einen nach Düsseldorf und einen Frankfurt am Main, geben werde, genaue Fluginformationen in den nächsten Stunden gegeben werden und auf die Einteilung der Sitzplätze leider kein Einfluss genommen werden könne.

In Erwartung weiterer Informationen zur Abreise bezog ich am Nachmittag einen Liegestuhl in dem mir vertrauten schattigen Poolbereich. Nach einem erfrischenden Bad im Whirlpool, auf dem Weg zur Umkleidekabine, ertönte per Lautsprecher eine Durchsage. Ich verstand nur:

„Mike, Mike am Pool ..."

Da es ein paar Nächte zuvor schon einmal eine so ähnlich klingende Durchsage gegeben hatte, wusste ich von Frau Rebau, dass am Pool dringend ein Arzt gebraucht wurde. Als ich mich meinem Liegestuhl näherte, sah ich nur wenige Meter von mir entfernt an der Leiter, die ins Wasser des Pools führt, mehrere Personen, darunter den Schiffsarzt. Sie bemühten sich, einen älteren Schwimmer aus dem Wasser zu ziehen und ihn am Beckenrand durch Herz-Druck-Massage und Beatmung zu reanimieren. Die Reanimationsversuche blieben anscheinend erfolglos. Unter den erschütternden Reaktionen der Ehefrau des Verunglückten wurde der Bewusstlose weggetragen.

Beim Abschieds-Apero mit kulinarischen Köstlichkeiten und dazu passenden Weinen unterhielt ich mich vor dem Abendessen im Magradom auf Deck 8 mit weiteren Singles an einem der Stehtische. Von einer gut bekannten Einzelreisenden, die noch immer geschockt war von dem Vorfall am Pool, weil sie sich während des Geschehens unmittelbar am Beckenrand befand, erfuhr ich, dass der Verunglückte ein Dialyse-Patient war und verstorben sei.

Neben dem ungewöhnlichen Todesfall am Pool war natürlich die Abreise das zweite bewegende Gesprächsthema. Mein Suiten-Nachbar teilte mir mit, dass er gerade vom Touristik-Schalter komme, wo seine Abreisewünsche bis in den Heimatort aufgenommen worden waren. Unverzüglich eilte ich ebenfalls zum Touristik-Schalter. Dort fragte man mich nach dem Zielort meines Rücktransports und trug in die Liste wie selbstverständlich „Neubrandenburg" ein. Einen Flug nach Deutschland in der Business Class konnte man mir allerdings nicht versprechen. Zu dem Zeitpunkt nahm ich noch an, dass der Flug nach Frankfurt oder Düsseldorf und von dort nach Berlin erfolgen würde. Von Berlin aus könnte ich mich dann mit dem über mein Reisebüro vereinbarten Flughafentransfer nach Neubrandenburg fahren lassen.

Nach der Rückkehr vom Apero fand ich in meiner Suite die neueste Information zu meiner Abreise vor. Ich gehörte zur Ausschiffungsgruppe grün. Mein Flug von Puerto Vallarta nach Deutschland würde mit Air Belgium am 20.3. um 12.00 nach Düsseldorf erfolgen. Hinzugefügt wurde, dass die Weiterfahrt ab Frankfurt oder Düsseldorf aufgrund der Ausnahmesituation im öffentlichen Nah-, Fern- und Flugverkehr mit zahlreichen Einschränkungen verbunden sei. Demzufolge wurden wir gebeten zu versuchen, falls möglich, die Heimreise privat oder durch ein Transportunternehmen unseres Vertrauens selbst zu organisieren.

Das löste am Abend heiße, manchmal an Panik grenzende Debatten aus. Wer sich von einem Familienmitglied oder Bekannten abholen lassen wollte, versuchte seine Angehörigen sofort telefonisch zu erreichen. Selten mit Erfolg. Mir war klar, dass mich von Düsseldorf niemand abholen könnte. Aber vielleicht könnte ich notfalls bei alten Freunden in Düsseldorf übernachten und dann weitersehen.

Trotz vieler Bedenken zum Heimtransport versuchte ich, mich beim traditionellen Farewell-Abend mit dem Kapitän und dem MS Europa Crew-Chor abzulenken. Die flotten Seemannslieder und bekannten Shantys vom Kapitän, vom Crew-Chor und von der Bordband vorgetragen, animierten zum Mitsingen.

Am nächsten Morgen kam jedoch erneut alles ganz anders als gedacht.

Zum Glück hatte ich keine individuellen telefonischen Absprachen zu meiner Rückreise vom Ankunftsflughafen in Deutschland nach Neubrandenburg getroffen.

Am Nachmittag des nächsten Tages überschlugen sich die Bordnachrichten. In einer Durchsage um 16 Uhr informierte der Kapitän, dass der Flug mit Air Belgium nach Düsseldorf entfalle und der Flug nach Frankfurt mit Icelandair zwei Stunden später starte. Nur 15 Minuten danach gab es eine erneute Durchsage. Der ursprünglich geplante Flug mit Air Belgium verschiebe sich um 24 Stunden und führe nach Köln-Bonn. Die genauen Abflugzeiten änderten sich mehrfach. Die Stimmung an Bord wurde gereizter. Das spürte ich selbst in meinem Bekanntenkreis.

Meine Viererrunde hatte sich zum Abendessen im Lido verabredet. Frau Ilker brachte eine kleine Flasche Champagner mit, die wir zu dritt leerten. Frau Mieters kam aufgrund irgendwelcher Aktivitäten wie so häufig verspätet. Auf dem Tisch standen nur drei Champagnergläser und die leere Flasche. Auch ich fühlte mich ein bisschen unwohl in dieser Situation. Irgendwie kam es dann in der Folge zu kontroversen Diskussionen unter den Damen. Es fühlte sich fast wie ein „Zickenkrieg" zwischen den Damen an. Ich hielt mich weitgehend zurück. Ich hatte einfach keine Lust auf aufheizende Gespräche. Innerlich beschäftigten mich vielmehr Sorgen um die Heimreise nach Neubrandenburg.

Als Teresa vom Nachbartisch mir einen Fingerzeig nach oben zur Sansibar gab, war ich froh, mich aus der Damenrunde verabschieden zu können. Ein harmonischer Ausklang des ereignisreichen Tages bei Einfahrt in den Hafen von Puerto Vallarta war mir lieber als die frustrierende Stimmung an unserem Tisch. Der übliche Absacker, der romantische Sonnenuntergang, der herrliche Blick auf die Kulisse von Puerto Vallarta und den Hafen mit einer erleuchteten Bark direkt vor uns verdrängten bei mir die trüben Abreisegedanken.

Den letzten Morgen an Bord verbrachte ich länger als gewöhnlich auf dem Balkon meiner Suite. Ich wusste ja, dass ich nicht an Land gehen durfte, und konkrete Pläne für den Vormittag hatte ich auch nicht.

Von meinem Balkon aus hatte ich einen tollen Blick auf die Hafeneinfahrt. In der Ferne sah ich ein großes Passagierschiff sich langsam den Hafenanlagen nähern. Nach einiger Zeit konnte ich den Namen des Schiffes lesen. Es war die MS Rotterdam. Irgendwie kam mir das Schiff gespenstisch vor. Einige Passagiere auf den Balkonen unseres Schiffes begannen freudig zu winken. Doch niemand auf der MS Rotterdam schien die Begrüßung erwidern zu wollen. Allmählich wurde mir bewusst, dass es gar keine Passagiere an Bord gab. Die Balkone und Decks waren fast menschenleer. Nur ein paar Crewmitglieder waren damit beschäftigt, das Anlegemanöver vorzubereiten.

Beim Frühstücken erfuhr ich, dass die Passagiere der MS Rotterdam bereits am Vortag das Schiff verlassen mussten. Über Nacht lag das Schiff außerhalb des Hafens auf Reede. An diesem Tag sollte es lediglich betankt werden. Das Gleiche wiederholte sich am Nachmittag mit der Norwegian Joy. Auch sie legte ohne Passagiere an der Pier an.

Hautnah spürte ich langsam die direkten Auswirkungen der Corona-Maßnahmen. Auch die Gefahrensituation, in der wir uns befanden. Leider erkannten das auch jetzt noch nicht alle Passagiere unseres Schiffes. Zum Glück gab es noch keine Anzeichen von Corona-Infektionen an Bord unseres Schiffes.

Um mich von dem lästigen Nachdenken abzulenken, begab ich mich am Vormittag ins Fitnessstudio. Mein Laufband war frei. Das Studio fast leer. Gedankenverloren blickte ich auf das weite Meer.

Nach kurzer Zeit näherte sich ein älterer Herr in gelber Hose, himmelblauem Sweatshirt mit einem leger um den Hals gewundenen Tuch im modernen blumigen Design und braunen modernen ledernen Straßenschuhen dem Eingang zum Fitnessstudio. Also grundsätzlich ohne die vorgeschriebene Sportbekleidung. Ich wollte gerade rufen:

„Die Poolbar ist ein Deck tiefer."

Aber da sah ich schon, wie er sich ächzend auf ein Fitnessgerät schwang. Wahrscheinlich so mit der Absicht: mal eben ein bisschen die Zeit vertreiben, im Fitnessstudio die Geräte betatschen und sehen, was der Körper noch ohne Stress hergibt.

Direkt vor dem von ihm benutzten Gerät befand sich der Aushang mit den nicht zu übersehenden Hinweisen zur erforderlichen Sportbekleidung und zum Desinfizieren der Geräte nach der Benutzung. Nach zwei/drei misslungenen Versuchen, das Gerät in Gang zu bringen, setze er seine Erkundungstour durchs Fitnessstudio fort.

Mal probieren, wie es sich auf dem Radfahrtrainer sitzt, dachte er wohl. Oder doch lieber das Laufband testen. Besser nicht. Ein paar Tasten hab ich schon gedrückt. Auf dem Monitor erscheinen lediglich ein paar unverständliche Symbole. Huch, jetzt wäre ich fast gestolpert. Mal sehen, ob ich da hinten die Hanteln noch hochkriege. Ach, lassen wir es lieber.

Hinter mir vernahm ich wieder das nervende Klipp-Klapp der vornehmen Lederschuhe beim Wechseln der Geräte. Es erinnerte mich an die störenden Geräusche von Frau Mieters High Heels beim Klavier-Konzert nach dem Kapitänsempfang. Zumindest der Million-Duft überdeckte angenehm meinen Schweißgeruch.

Am Kühlregal für die bereitstehenden Erfrischungsgetränke machte er erneut Halt. Schade, kein Champagner. Vermutete ich seine Gedankengänge beim Durchforsten der Getränkeflaschen. Nach so viel Anstrengung ist vielleicht auch ein Schluck aus der Wasserflasche eine Wohltat. Genussvoll nahm er ein paar Schlucke aus einer noch ungeöffneten Flasche, stellte die Flasche wieder ins Kühlregal, inspizierte die Dinge auf dem Tisch gleich neben dem Kühlregal und schnupperte an der Desinfektionsflasche.

„Eeeh, nicht trinken. Nicht den Hals, sondern die angetatschten Geräte damit desinfizieren", wollte ich gerade rufen. Doch die Dame neben mir auf dem Tretrad winkte kurz ab und trat noch kraftvoller und verbissener in die Pedalen. Ihr schien es wohl aussichtslos, hier irgendetwas zu bewirken. Obwohl sie, wie ich wusste, Ärztin auf privater Urlaubsreise war. Also Eingreifen nur im dringenden Notfall, konstatierte ich bedauernd.

Unbekümmert wollte der erkennbare Fitnessmuffel im unsportlichen Outfit gerade das Studio verlassen. Jetzt konnte ich es nicht unterlassen, „Eeeh" zu rufen und auf den Aushang mit den Hygienehinweisen zu deuten. Der Herr sah mich verständnislos und grimmig an. Erhaben und gelassen verließ er das Fitnessstudio. Wie konnte ich es nur wagen, ihn mit solchen Lappalien zu belästigen.

Nach meinem gewöhnlichen Laufpensum verließ ich mit einer gewissen Wut im Bauch das Fitnessstudio. Natürlich nicht ohne mein Laufband akribischer als sonst zu desinfizieren und die angebrochene Wasserflasche aus dem Kühlregal zu entfernen.

Wen sah ich da auf meinem Weg vom Fitnessstudio zu meiner Suite? An der Poolbar saß der auffällige Studiobesucher in seiner auffallenden gelben Hose und den Lederschuhen mit einem Glas Champagner vor sich.

In unmittelbarer Nähe stand plaudernd ein Schiffsoffizier in Uniform. Ich glaubte, in ihm den obersten Gesundheitswärter an Bord zu erkennen. Noch immer war ich innerlich aufgeladen. Ich musste meine Empörung über die flegelhaften gesundheitsgefährdenden Verstöße des uns unmittelbar gegenübersitzenden Herrn aus dem Fitnessstudio gegen vorgeschriebene Hygienemaßnahmen angesichts der ständig propagierten Coronagefahren unbedingt loswerden. Unmissverständlich erläuterte ich dem medizinischen Ordnungshüter in Dienstuniform das Vorkommnis im Fitnessstudio, zeigte auf den dreisten Übeltäter und beanstandete dessen gefährliches Missachten aktuell besonders wichtiger Regeln zur Verhinderung von Infektionen mit dem Corona-Virus.

Seine knappe Antwort lautete lapidar:

„Ich werde veranlassen, im Tagesprogramm noch einmal darauf hinzuweisen."

Ohne mich oder den Übeltäter weiter zu beachten, setzte der vermeintliche Gesundheitsapostel seelenruhig seine Promenade über das Deck fort. Wie konnte ich erwarten, dass sich ein Gesundheitsexperte konkret um Coronavorbeugung bemüht.

„Keinen A ... in der Hose", musste ich wieder einmal enttäuscht feststellen. Diese unerwartete Loyalität gegenüber groben Verstößen in nachweislichen Gefahrenbereichen überstieg bei weitem meine Vorstellungskraft.

Ich hätte zumindest erwartet, dass er sofort das Desinfizieren der Geräte im Fitnessstudio veranlasst. Von einem direkten Gespräch mit dem konkreten Übeltäter mal ganz abgesehen.

Warum habe mich nicht gleich an Kapitän Hartmann gewendet, ging es mir später durch den Kopf. Der schien mir bisher immer ein aufnahmebereiteres Ohr für berechtigte Probleme aller Passagiere zu haben. Nicht nur für die auserwählter angeblicher Honoritäten am Kapitänstisch.

„Du Schwachkopf", ging ich anschließend mit mir selbst ins Gericht. „Hast du denn noch immer nicht kapiert, dass bestimmte Regeln an Bord zwar für dich, aber nicht für alle gelten?" Es verblieb mir jedoch keine Zeit mehr, diese makabre Einsicht zu prüfen.

Offensichtlich sind derartige von mir angeprangerte Verstöße gegen offizielle Verhaltensregeln an Bord jedoch gar nicht so selten, wie ich vermutete, und werden gelegentlich auch mal geahndet.

Kurz nach der Rückkehr von dieser Reise las ich in der bekanntesten Sonntagszeitung unter der Überschrift „Hier wird ein Millionär vom Kapitän eingeseift", dass ein millionenschwerer Firmen-Boss von der MS EUROPA geflogen sein soll, weil er sich u. a. am Pool des Schiffes mit Shampoo das Haar gewaschen habe, so dass das Wasser im Becken abgelassen, der Pool gereinigt und das Becken neu gefüllt werden musste.

Schade, dass ich bei meinen Beanstandungen nicht auf einen so energischen Ordnungshüter an Bord gestoßen bin. Es hätte ja gereicht, wenn der Ordnungsmuffel dazu verdonnert worden wäre, an einem Abend alle Geräte im Fitnessstudio zu desinfizieren. In dem von mir kritisierten Fall blieb es reines Wunschdenken.

Aber wahrscheinlich hatte ich nur den falschen Ansprechpartner für meine Post-Prävention gewählt. Der Bordpfarrer hätte sich bestimmt für ein sanftes Missionieren entschieden. Ich war eben an Bord eines Luxus-Kreuzfahrtschiffes.

Am letzten Abend in der Sansibar war es ungewohnt leer. Vor dem Spiegel tanzte ganz allein und in sich selbst versunken Evi nach der melancholischen Melodie „Albany" von Roger Whittacker. Ich hatte Evi beim Tanzen und ihren Mann am Tresen sitzend hier bereits häufig erlebt. Beide gehörten schon fast zum Inventar der Sansibar, wie mir die freundliche Bedienung in einem kleinen Plausch mitteilte. Dabei kam mir gleich eine Frage in den Sinn, die am Tag zuvor die Runde an Bord gemacht hatte.

„Was darf an Proviant bei einer erforderlichen langen Überfahrt der MS EUROPA nach Hamburg auf keinen Fall an Bord fehlen?", wurde der für die Versorgung verantwortliche Schiffsoffizier gefragt.

„Alkohol", war seine unverzügliche Antwort, „sonst drehen einige Passagiere durch."

Eine sicher nicht unbedachte Reaktion, wie mir schien.

Ich sah mich schon mit Evi im Duett lauthals gegen den Alkoholmangel protestierend auf der Tanzfläche der Sansibar.

„Bier her, Bier her oder ich fall um."

Ganz so weit war es mit mir in der Wirklichkeit zum Glück noch nicht. Den Schattenspringer bewegten andere Sorgen.

Nur nach Hause

Das war der einzige wahre Wunsch, den ich nach all den beklemmenden Nachrichten zu den Corona-bedingten Reiseeinschränkungen zu diesem Zeitpunkt hatte.

Obwohl ich alle Weckmöglichkeiten vorbereitet hatte, bekam ich in der Nacht vor dem angekündigten Abflug nach Deutschland kaum ein Auge zu.

Der telefonische Weckruf erfolgte wie angemeldet um 4.30 Uhr. Nach sorgfältiger Morgentoilette und knappem Frühstück wollte ich der Aufforderung aus dem Informationsprogramm der MS EUROPA folgen:

„Bitte nehmen Sie alle Ihre Wertsachen und Klamotten aus Ihrer Suite mit zur Kontrolle".

Wertsachen hatte ich keine. Was mit „Klamotten" wohl gemeint war, erschloss sich mir jedoch nicht. Was ich an Garderobe nicht mit nach Hause nehmen wollte, hatte ich doch schon längst entsorgt. Dieser Bitte konnte ich also nichts entsprechen.

Ohne derartige Vorkehrung nahm ich mein Gepäck und suchte mir im Atrium einen Platz, von dem aus ich den Eingang zur Einlasskontrolle durch die mexikanischen Behörden beobachten und rechtzeitig dem Aufruf für meine Ausschiffungsgruppe folgen konnte. Zugleich hatte ich das Auschecken und Verlassen des Schiffes der bereits abgefertigten Passagiere im Auge.

Mir fiel auf, dass einige der Damen – wahrscheinlich aus den Komfort-Suiten – sich sogar das Handtäschchen vom Bordpersonal tragen ließen.

Auch Frau Mieters entdeckte ich an der Rezeption. Sie versuchte wieder einmal, durch ihre sicher sehr interessanten langatmigen Ausführungen Aufmerksamkeit bei einer der

Damen von der Rezeption zu erringen. Anscheinend diesmal mit wenig Erfolg.

Früher als erwartet wurde meine grüne Ausschiffungsgruppe aufgerufen. Nach einer Temperaturmessung, einem Blick auf den Gesundheitsfragebogen, die Zollerklärung und die Einreisekarten durch die ziemlich unfreundlichen mexikanischen Beamten durfte auch ich auschecken und die MS EUROPA verlassen.

Direkt neben der Gangway musste ich meinen Koffer identifizieren, der von einem mich begleitenden Crewmitglied zu den Bussen transportiert wurde, nicht ohne vorher von Drogenhunden beschnüffelt und von Zollbeamten intensiv kontrolliert worden zu sein. Schließlich befand ich mich ja in Mexiko.

Nach diesen Kontrollen sollte der direkte Transfer zum Flugzeug durchgeführt werden. Ein Crew-Mitglied begleitete mich zum Bus. In den zugewiesenen großen Reisebus durften nur zwölf Personen einsteigen. Jede zweite Reihe im Bus blieb frei. Nur Ehepaare durften nebeneinandersitzen. Ich nahm im hinteren Teil des geräumigen Busses Platz.

In einem Konvoi von sechs Bussen fuhren wir gemächlich zum Flugplatz. Unterwegs hielten wir mehrfach ohne erkennbaren Grund an. Von einem Crew-Mitglied hatte ich schon gehört, dass die kurz entfernte Fahrt vom Schiff bis zum Abflug nach Frankfurt am Vortag mehr als zwei Stunden gedauert hatte.

Wir waren schon eine gute Stunde unterwegs, als sich ein grundlegendes menschliches Bedürfnis bei mir allmählich anmeldete und nach Entledigung zu drängen begann. Natürlich hatte ich die Empfehlungen zur Abreise gründlich gelesen und den Hinweis:

„Da es zu Wartezeiten auf dem Rollfeld kommen kann, empfehlen wir Ihnen vor Abfahrt, noch einmal die Waschräume an Bord zu nutzen", selbstverständlich beachtet.

Ich brauchte jetzt aber keinen Waschraum. Ich brauchte dringend eine Toilette. Obwohl mich selbst früher die Benutzung einer Toilette im Bus durch andere Reisende immer erzürnt hatte, begab ich mich unauffällig zum Ende des Busses, wo sich eine Toilettentür befand. Wie angstvoll erwartet, war die Tür verschlossen. Was nun? Wo sollte ich mein „Goldwasser" entleeren? Ich ging nach vorn, um den Busfahrer ergebenst zu bitten, die Toilettentür zu öffnen oder mich kurz draußen ins Gebüsch verschwinden zu lassen. Der Busfahrer stand jedoch in einiger Entfernung im Kreise seiner Kollegen. Die Türen des Busses waren verschlossen. In größter Verzweiflung setze ich mich wieder auf meinen Platz. Ich sah mich schon in durchnässter Hose den Bus verlassen. Gerade wollte ich mir mit einem Tuch aus meiner Umhängetasche den Schweiß von der Stirn wischen, als ich die „Spucktüte", wie ich sie nenne, in der Tasche fühlte. Seit ich schon einmal bei einer unpässlichen Gelegenheit mich übergeben musste, habe ich für alle Fälle immer so eine Tüte aus dem Nachttisch meiner Suite oder aus dem Flugzeug in meinem Handgepäck. Die Tüte sollte die Rettung sein. Mit der verdeckten Tüte schlenderte ich unauffällig zur letzten Reihe im Bus. Die Reihen davor waren nicht besetzt. Mit unbeschreibbarer Erleichterung entledigte ich mich meines Goldwassers und damit zugleich all meiner Bedrängnisse, Ängste und Sorgen der letzten verhängnisvollen unendlich erscheinenden Augenblicke. Blieb nur noch die Frage: Wohin mit der Tüte? Ich entschied mich sie, für die anderen Passagiere nicht sichtbar, unauffällig vor die verschlossene Toilettentür zu stellen. Wie gedacht, so getan.

Erlöst und gelassen schaute ich den weiteren Geschehnissen entgegen. Was konnte mir jetzt noch Unangenehmeres widerfahren?

Kurze Zeit später verließen wir den Bus. Auf dem Rollfeld wurden wir erneut von zahlreichen mexikanischen Flughafenangehörigen in weißen „Kosmonautenanzügen" kontrolliert, bevor wir einzeln und mit notwendigem Abstand das Flugzeug betreten durften.

Ich hatte Platz 28H, nicht – wie eigentlich gebucht – im Business-Bereich. Dort saßen bereits einige der mir aufgefallenen schrägen Vögel und Bevorzugten. Ich fand meinen Platz hinter anderen bekannten Einzelreisenden im Economy-Bereich. Die Sitze beidseitig neben mir blieben frei. Nur Ehepaare saßen unmittelbar nebeneinander.

Angespannt warteten wir auf den Start der Maschine. Durchsage: „Der Start verzögert sich. Ein Dokument fehlt noch." Was hatte das zu bedeuten? Fällt der Flug aus? Erneute Aufregung. Zum Glück nicht allzu lange. Ohne weitere Ankündigung ertönen die Motoren und die Maschine hebt ab.

Kurz nach dem Start wurde per Durchsage bekanntgegeben, dass für alle Passagiere der gleiche Bordservice gelte. Wahrscheinlich um den zu erwartenden Beschwerden im Voraus die Luft aus den Segeln zu nehmen.

Und der Service war unter aller Würde! Da konnte es gar keine Abstufung nach unten mehr geben.

Evi, das vertraute Unikum aus der Sansibar, saß mit ihrem Ehemann in meinem Blickfeld. Auch sie schaute missmutig auf das zugewiesene Menü. Nach dem Essen bat Evi um ein zweites Glas Wein. Eine zweite Getränkerunde der Flugbegleiterinnen war anscheinend nicht vorgesehen. Also begab sich Evi mit ihrem leeren Glas zum Servicepoint, kehrte allerdings kurze Zeit später sichtlich frustriert ohne Glas an ihren Platz zurück. Arme Evi!

Dafür stolzierte eine andere Dame mit „Snutenpulli" (auf Hochdeutsch „Maske") vergnügt den Gang entlang. Die erste Person unter den Passagieren, die – wie mir sofort auffiel – eine Gesichtsmaske trug. Woher sie die nur hatte? Erhobenen Kopfes präsentierte die Dame ihre Maske wie in einer Masken-Show. Irgendwie kamen mir die Posen der Dame bekannt vor. Ohne das dazu passende Mundwerk jedoch viel schwerer zu erkennen. Natürlich, es war Frau Mieters, unsere langzeitige kritische Tischunterhaltung. Bei ihr schien mir der Mundschutz sogar im doppelten Sinn angebracht.

Während des mehr als zehnstündigen Fluges fand ich kaum Ruhe. Die unbequemen Sitze, das Dröhnen der Maschinen, die erleuchteten Monitore der Nachbarn ... Alles störte mich.

Hinzu kamen die vielen bisher ungeklärten Fragen, die mich unaufhaltsam bewegten:

Gibt es einen Flug von Köln-Bonn nach Berlin?
Wie komme ich weiter nach Neubrandenburg?
Müssen wir in Bonn erst in Quarantäne?

Auch durfte ich nicht vergessen, alle sich bietenden Möglichkeiten des Toilettenbesuchs in jedem Fall zu nutzen. Eine Tüte aus der Ablage steckte ich mir für den Notfall wieder vorsichtshalber ein. Man weiß ja nie.
 Ansonsten verlief der Flug bis Köln-Bonn problemlos. Im Flughafen angekommen, begaben wir uns mit gehörigem Abstand voneinander zur Einreise in einen abgegrenzten Bereich. Gehorsam und vorschriftsmäßig wollten wir die Hände an dem einzigen vorhandenen Gerät desinfizieren. Doch das Gerät gab keinen Tropfen mehr von sich. Dem Desinfektions-Muffel aus dem Fitnessstudio ist das sicher gar nicht aufgefallen. Nur nicht weiter nachdenken. Bloß nicht beanstanden. Sonst gibt es noch unvorhersehbare zusätzliche Verzögerungen.
 Nur schnell nach Hause.
 Ganz so einfach, wie sehnlichst gewünscht, ging das jedoch nicht.

Durch vier Tore
musst du gehen

An einem Sonder-Schalter fragte mich ein Mitarbeiter – ich nahm an von Hapag-Lloyd– nach meinem Namen. Ich nannte ihn und der Mitarbeiter rief ihn laut in den Raum. Sofort näherte sich dem Schalter ein junger Mann in einem eleganten schwarzen Anzug und weißem Hemd. Er begrüßte mich und sagte zu mir:

„Ich soll Sie nach Hause bringen."

„Nach Berlin, aber nicht nach Hause?", fragte ich irritiert.

„Nach Hause, nach Neubrandenburg", war seine wie selbstverständlich klingende Antwort. Ich hätte ihn umarmen können.

Der freundlich distanzierte junge Mann nahm mein Gepäck, führte mich zum Auto und öffnete mir höflich und zuvorkommend die hintere Tür auf der rechten Seite.

In so einer komfortablen Limousine war ich noch nie gefahren. Ein ausziehbarer Sitz, individuell einstellbare Heizung/Lüftung und ein Computerarbeitsplatz. Diesen Komfort hatte ich bei Weitem nicht erwartet. Ich fühlte mich mindestens wie ein Ministerialrat.

Während der mehrstündigen Fahrt auf ungewohnt leeren Autobahnen und Straßen von Bonn nach Neubrandenburg erkundigte ich mich bei meinem zuvorkommenden Chauffeur nach dem Fahrzeugtyp und nach seinem Auftraggeber für diese Fahrt. Ich erfuhr, dass ich in einem Audi A8 chauffiert werde. Der Auftrag für diese Fahrt kam nach seinen Informationen vom Auswärtigen Amt an seinen Arbeitgeber, eine Hauptvertretung von Sixxt in Berlin.

Bis an die Landesgrenze von MV verlief die Fahrt außergewöhnlich zügig. Kurz vor Neustrelitz wurden wir jedoch von einer Polizeikontrolle gestoppt. Unser Fahrzeug hatte eine Berliner Nummer. Wie ich später erfuhr, war die Einreise nach MV ab diesem Tag für touristische Reisen etc. gesperrt.

Nach eingehender Kontrolle der Fahrzeugpapiere und meines Reisepasses bekam der Fahrer die Order:

„Sie fahren ohne Unterbrechung auf direktem Weg zur angegebenen Adresse Ihres Fahrgastes und von dort unverzüglich auf der gleichen Strecke wieder hierher zurück."

Der Chauffeur folgte den Anweisungen auf der mir vertrauten Strecke.

Als ich das Ortseingangsschild von Neubrandenburg „Stadt der Vier Tore" las, gingen mir so einige Gedanken durch den Kopf.

Vier Tore musste ich diesmal durchschreiten, um vom angepriesenen Südseezauber mit der MS EUROPA wieder unbeschadet nach Hause, nach Neubrandenburg zu gelangen.

Alle vier Tore schienen zunächst verschlossen und öffneten sich erst nach eingehenden Kontrollen.

Das *erste* Tor war noch an Bord der MS EUROPA. Nach Passkontrolle und Desinfektion musste ich mich beim Verlassen des Schiffes und vor Betreten der Gangway durch die elektronische Schleuse begeben, die Ähnlichkeit mit einem Tor hatte.

Das *zweite* Tor wartete gleich anschließend an der Pier im Hafen von Puerto Vallarta auf mich. Vor dem Betreten des Busses zum Flughafen musste ich mich einer ausgiebigen Zollkontrolle mit Spürhunden und einem Gesundheitscheck durch Fiebermessen unterziehen.

Das *dritte* Tor befand sich unmittelbar auf der Landebahn direkt vor der Gangway zum Flugzeug. Ich durfte es nur durchschreiten nach einer aufwändigen individuellen Kontrolle durch ein mexikanisches Sicherheitsteam in auffälliger weißer Schutzbekleidung. Der Flug nach Deutschland und die Ankunft in Köln-Bonn bargen keine weiteren Hindernisse in sich. Alle Tore waren dort geöffnet. Es gab keine Barrieren mehr. Selbst die Desinfektionsgeräte waren außer Funktion. Also Ende gut – alles gut? Fehlgedacht. Ein kaum zu erwartendes Tor gab es noch.

Das *vierte* Tor. Es befand sich kurz vor Neustrelitz an der Landesgrenze von Mecklenburg-Vorpommern, an der B 96, der

Zufahrtsstraße nach Neubrandenburg. Eine völlig unerwartete Polizeikontrolle stoppte uns, genehmigte die Weiterfahrt erst nach gründlicher Kontrolle meines Passes und ausführlicher Information über derzeitige Einreisebeschränkungen nach MV.

Erschöpft von den Strapazen der letzten Tage und Stunden, aber glücklich, endlich wieder daheim zu sein, erreichte ich meine Wohnung in Neubrandenburg, der „Stadt der Vier Tore".

Jedoch bekam das Daheimsein-Gefühl schon bald Risse. Gleich in den ersten Telefongesprächen klärten meine Freunde und Verwandte mich auf, dass die regelmäßigen persönlichen Treffen, die geplanten Geburtstagsfeiern und die bereits gebuchten Ausflüge aufgrund von Kontaktbeschränkungen infolge der Corona-Infektionen in der nächsten Zeit nicht möglich seien. Das hieß für mich, von der selbstgewählten munteren Geselligkeit auf dem Schiff in eine verordnete Einsamkeit daheim katapultiert zu werden. Wahrlich kein Grund zur Wiedersehensfreude an diesem ersten Abend zu Hause.

Ein erwarteter Lichtblick blieb mir noch. Meine vertraute morgendliche Joggingrunde.

Kein x-maliges Vorbeilaufen an ruhesuchenden Passagieren auf Deck 9. Keine vom stupiden Laufband aus zu beobachtende, sich an keine Regeln haltenden Personen im Fitnessstudio, die man einfach gewähren ließ.

Strahlende Märzsonne, der unverwechselbare Duft des Bärlauchs, die letzten Winterlinge und ein Meer von Buschwindröschen begleiten mich am nächsten Morgen auf meiner Joggingrunde. Jedoch, kein Kanu oder Boot auf dem Oberbach, keine lärmenden Kinder auf dem Spielplatz der Kindertagesstätte. Nur vereinzelte, sofort auffällig auf Distanz gehende Passanten.

Wo ist der immer freundlich grüßende Mann im Rollstuhl aus dem Pflegeheim auf dem Weg am Oberbach?

Wo ist das Boot der Tollensefischer mit dem fangfrischen Fisch?

Wo ist das muntere „Hallo"? Wo sind „de seuten Plappersnuten" mit ihren unbekümmerten Blicken und ihrem schüchternen Winken, die mit ihren fürsorglichen Erzieherinnen oder Tagesmüttern einen morgendlichen Spaziergang zum See machen?

Wo ist der achtlos weggeworfene Müll abendlicher Treffen der Jugendlichen am See und am Belvedere?

Wo sind die morgendlichen Flaschensammler?

Selbst die Kräuterdaggi, die immer nach Gräsern und Zutaten für ihr vegetarisches Mittagsmahl sucht, ist nirgends zu entdecken.

Dafür eine beinahe wohltuende Stille. Selten habe ich das Zwitschern der Vögel, das Rauschen der Baumwipfel und das leise Plätschern des Oberbachs sowie das Anschlagen der Wellen an den Ufern des Tollensesees so bewusst wahrgenommen.

Völlig abgerückt von den Erlebnissen der letzten Tage, vom gewohnten Lärm der Zeit erreiche ich den weiß leuchtenden Belvedere – den griechisch anmutenden Tempel mit seiner schönen Sicht auf den Tollensesee.

Etwas sticht mir sofort ins Auge. Die Stufen zum Belvedere sind wieder einmal beschmiert. Diesmal lediglich mit Kreide. Ich will mich gerade innerlich aufregen. Da lese ich:

„Bleibt gesund!"

„Lächeln nicht vergessen!"

„Habt euch lieb!" – jeweils mit Herzchen verziert.

Liebevoll gemeinte sorgenvolle Botschaften, die mich auf die Veränderungen meines Daheims in der Zeit meiner Abwesenheit hinweisen. Sie lassen mich die neuen ungewohnten Einschränkungen nicht ganz so bitter ernst ertragen.

Wenige hundert Meter weiter endlich ein Lichtblick. Der „Kumpel", der jeden Morgen sein Bierchen auf der Parkbank am See trinkt, winkt mir aus der Ferne zu. Er hatte mir mal geholfen, als ich beim Joggen gestürzt war. Auf dem Rückweg komme ich wieder an ihm vorbei, verweile einen Moment und erzähle ihm – bei vorgeschriebenem Abstand – von meinen Reiseerlebnissen. Endlich jemand, mit dem man von Angesicht zu Angesicht reden kann.

Ein paar Tage später beim Joggen treffe ich ihn erneut. Er zeigt mir ein Foto von einer Kreuzfahrt, die er vor mehr als dreißig Jahren gemacht hatte. Beide erinnern wir uns an unbeschwerte sonnige Zeiten. Beide sind wir irgendwie berührt von der gegenseitigen Anteilnahme. Da kann man schon mal sentimental werden.

Was ist schon ein Zuhause ohne persönlichen Kontakt zu Freunden, Verwandten, vertrauten Personen, wenn man energiegeladen aus der Sonne kommt?

Für mich ist es wie ein Aufenthalt im kalten Schatten der Einsamkeit, aus dem man schnell und liebend gern trotz Lichtempfindlichkeit wieder ins wärmende Licht der Menge springen möchte.

So widersprüchlich können sich nun mal die Gedanken eines Schattenspringers während und nach einer Kreuzfahrt entwickeln.

Es gibt
(k)ein nächstes Mal

So wie Hapag-Lloyd mich vor einem Jahr animiert hatte, dieses Buch zu schreiben, versuchte der durch die Pandemie gebeutelte Kreuzfahrtveranstalter mich nach den ersten Lockerungen mit der Bitte „Kommen Sie an Bord" für eine weitere Reise mit einem ihrer Kreuzfahrtschiffe zu gewinnen.

General Kamels (ein bissiges Anagramm) verheißungsvollen Worte:

„Wir schaffen das!"

hatte ich noch aus einer anderen prekären Situation in guter Erinnerung.

Um nicht falsch verstanden zu werden, für mich sind Kamele bewundernswerte Geschöpfe. Sie tragen geduldig die Lasten und wirken selten erschöpft, ob bei sengender Sonne oder Schatten am Horizont.

Inwiefern die optimistischen Verkündigungen mein gegenwärtiges Interesse an Kreuzfahrten erfolgreich beeinflussen, ist äußerst fraglich.

Für mich bedeutet eine unbeschwerte und entspannte Kreuzfahrt mehr als ein sicheres Reisen mit 10-Punkte-Hygieneplan und integrierten PCR-Tests. Ich möchte bei Ausflügen und Landgängen – wie eingangs hervorgehoben – neue Orte oder Länder kennenlernen, möchte mich als Einzelreisender in geselliger Runde mit anderen Reisenden beim Abendessen, bei Veranstaltungen und auch an der Bar ungezwungen treffen und unterhalten können. Ohne Abstandsregelungen und Maskenpflicht.

Die gegenwärtigen Angebote für Kreuzfahrten enthalten zudem keine organisierten Landausflüge und individuellen Landgänge.

Veranstaltungen, Sport- und Entertainmentangebote finden mit geringerer Teilnehmerzahl und ohne engeren Kontakt statt.

Poolpartys, Cocktailempfänge etc. können nicht angeboten werden.

Die Teilnahme an Vorstellungen im Theater erfolgt deckweise und wechselt täglich.

Die Tische in den Restaurants werden reduziert und mit einem Mindestabstand von 1,5 Metern besetzt.

Es erfolgt keine Selbstbedienung am Buffet.

Der Bartresen ist derzeit für Gäste nicht nutzbar.

Unter diesen – gegenwärtig sicher notwendigen – Voraussetzungen wird es für mich im Moment kein nächstes Mal geben. Das schließt nicht aus, dass ich Kreuzfahrten bald so vermisse, dass ich mich trotz Einschränkungen irgendwann wieder auf Reisen begeben werde.

Bis dahin lese ich lieber noch einmal die Geschichten von den Erinnerungen an ziemlich stachlige Eulenspiegeleien an Bord, welche mir nun erspart bleiben:

» kein Kampf um schattige Plätze im Bus und am Pool,
» muss keinen dankbaren Ossi mehr mimen,
» muss keine Gebissreiniger bei Ausflügen ertragen,
» Motorschäden an Bord bringen mich nicht mehr aus der Fassung,
» brauche mich nicht mehr über das unterlassene Desinfizieren der Fitnessgeräte erregen.

Oder ich schwelge voller Wehmut in Erinnerungen beim wiederholten Lesen der rosigen Geschichten über:

» den Charme geselliger alternder Kreuzfahrer und lüsterner Ladys,
» Begegnungen mit interessanten Persönlichkeiten an Bord und an Land,
» geheimnisvolle nächtliche Absprachen,
» Strand- und Poolpartys in südlichen Gefilden dank Botox & Co,
» abendliche Barbesuche im Alten Fritz oder in der Sansibar.

Oder sollte ich das Fantasy-Angebot der beiden smarten Jungs in Anspruch nehmen, die mir im Radio ständig anbieten, mit ihnen „Im Tretboot nach Hawaii" zu fahren. Dann wäre der Weg das Ziel. Im Hintergrund höre ich schon wieder die Bedenken des „Hamburg"-Reporters bezüglich meines Alters.

Die viel wichtigere Frage ist jedoch, ob die Jungs von Fantasy das überhaupt körperlich durchhalten. Reicht ihr auf der Bühne vorgeführte Hüftschwung dazu, ein Tretboot in stürmischen Zeiten zu bewegen? Vielleicht kann ich sie ja mit meinem Nörgeln über ihre schwächelnde Muskelkraft beim Treten antreiben. Wie weissagte schon vorausschauend meine Mutter:

„Wenn du alt bist, wirst du nur noch nörgeln."

Na, das könnte ein Spaß werden! Ein gewisses Alter habe ich inzwischen erreicht. Muss also nur noch in Erfahrung bringen, ob es auf dem Tretboot auch Schatten gibt, in den ich zur Not hüpfen kann. Springen wäre da sicher zu gefährlich. Schattenspringer, pass auf! Ansonsten erfüllt sich vorzeitig die für mich als Schattenspringer passende Ahnung Wolfgang Schallers „Ich lag im Traum im Sarg und hörte, wie ich ängstlich schrie: Macht den Deckel zu, ich habe eine Lichtallergie!"

Nach einem Jahr verordneter Kreuzfahrtabstinenz geht mir allmählich der Geschmack auf eingeschränkte Kreuzfahrten verloren.

Sollten die künftigen Kreuzfahrt-Angebote weiterhin nicht meinen Vorstellungen und Wünschen entsprechen, muss ich wohl nach den regionalen Reiseangeboten mit den Seniorenbussen Ausschau halten, wo bejahrte Ostler aus der Umgebung unter sich keifen können.

Es wäre immerhin ein nächstes Mal! Allerdings nicht mehr auf den weiten Weltmeeren, sondern im nahen traumhaften Umfeld, wo es für den Schattenspringer sicherlich auch so einiges zu bewundern, zu lästern und zu nörgeln gibt.

Darüber kann ich dann hoffentlich weitere rosege Geschichten und stachlige Eulenspiegeleien schreiben. Eventuell wird daraus
„Schattenspringen auf ..."

Dank

Allen, die dazu beitrugen, dass ich die vielen erlebnisreichen Kreuzfahrten genießen durfte.

Mein Dank gilt Frau Gora und Frau Klützke vom Reisebüro, die mich immer vorzüglich bei der Auswahl und Buchungen der Reisen berieten.

Ich danke meinen reizenden Reisebekanntschaften für die schönen gemeinsamen Stunden an Bord und die Hilfe bei meiner Suche nach dem richtigen Platz zwischen Schatten und Sonne.

Zugleich möchte ich mich bei meinem langjährigen Freundespaar Inge und Wolfgang bedanken, mit denen ich einige unvergessene Kreuzfahrten gemeinsam durchführen konnte und die in meiner Abwesenheit sich fürsorglich um mein Zuhause kümmerten.

Mein abschließender Dank gilt auch dem Novum-Verlag, der mir die Chance gab, die Kreuzfahrterlebnisse eines Passagiers mit einer seltenen Krankheit zu publizieren.

Quellenverzeichnis

www.epp-deutschland.de (zur sog. Schattenspringerkrankheit)

„Die Kreuzfahrer" von Wladimir Kaminer

„Traumzeit" von Heide Keller

„Ein Traum von einem Schiff" von Christoph Maria Herbst

„Urlaub auf hoher See" von Stefan Schöner

„Eh ichs vergesse" von Wolfgang Schaller

„Ossis, rettet die Bundesrepublik" von Renate Holland-Moritz

‚Die Sprache der Einheit' von Jürgen Große

Inhaltsverzeichnis

Zur Vorgeschichte 7

Schatten und Licht an Land und auf See 8

Erste Kreuzfahrterfahrungen 19

Nur Fidel – den haben wir nicht gesehn 21

Von einfachen
Schiffsreisen zu Luxuskreuzfahrten 33

Charme und Frust alternder Kreuzfahrer 38

Alter Falter sucht wohlhabende Blüte 51

Superschriftstellerin
mutiert zum Passagierschreck 54

Vom Schattenspringer zum vorsichtigen
Sonnengenießer dank Möhrensaft, Botox und Co 64

Vom schattigen Osten
in den sonnigen Westen springen 76

Lüsterne Lady bezirzt
verknöcherten Junggesellen 89

Abenteuer Brasilien &
Geheimnisvolles Amazonien 94

Pleite, Pech und Pannen auf dem Mittelmeer:
Die erste Kreuzfahrt nach der MS Deutschland 108

Licht und Schatten auf dem Pazifik
bei Südseeträumen und der Magie von Hawaii 118

Große Ereignisse werfen ihre Schatten voraus 119

Wo Schatten sich andeutet, gibt es auch Licht 125

Stolz auf eroberte Plätze? 129

Einzelreisende auf dem Abstellgleis &
Damenwahl beim Opernball 136

Es können nicht immer
Kaviar und Eintracht sein 140

Aloha – Oahu – Kauai: Hawaii, ich komme 147

Vorsicht bei Genitiv und Dativ 154

„Wohin soll denn die Reise geh'n?
Wohin, ja wohin, ja wohin?" 159

Nur nach Hause 170

Durch vier Tore musst du gehen 175

Es gibt (k)ein nächstes Mal 180

Dank 183

Quellenverzeichnis 184

novum VERLAG FÜR NEUAUTOREN

Bewerten
Sie dieses Buch
auf unserer
Homepage!

www.novumverlag.com

Der Autor

Kurt Rose wurde 1947 in Torgelow (Vorpommern) geboren. Nach dem Studium der Germanistik, Slawistik und Pädagogik arbeitete er 16 Jahre als Diplomlehrer an einer Polytechnischen Oberschule. 1985 promovierte er zu Sprachlernprozessen im Deutschunterricht. Die Habilitation erfolgte 1990. Im Anschluss übte Kurt Rose Lehrtätigkeiten an den Pädagogischen Hochschulen bzw. Universitäten Güstrow, Neubrandenburg, Kiel und Greifswald aus. Gastaufenthalte führten ihn nach Dänemark und Moldawien. Nach der Veröffentlichung zahlreicher wissenschaftlicher Beiträge und der erfolgreichen Tätigkeit als Herausgeber und Autor von Schulbüchern entfernt sich Kurt Rose von der Wissenschaft und begibt sich mit „Schattenspringer auf Kreuzfahrt" in das Areal des belletristischen Schreibens.

Der Verlag

*Wer aufhört
besser zu werden,
hat aufgehört
gut zu sein!*

Basierend auf diesem Motto ist es dem novum Verlag ein Anliegen neue Manuskripte aufzuspüren, zu veröffentlichen und deren Autoren langfristig zu fördern. Mittlerweile gilt der 1997 gegründete und mehrfach prämierte Verlag als Spezialist für Neuautoren in Deutschland, Österreich und der Schweiz.

Für jedes neue Manuskript wird innerhalb weniger Wochen eine kostenfreie, unverbindliche Lektorats-Prüfung erstellt.

Weitere Informationen zum Verlag und
seinen Büchern finden Sie im Internet unter:

www.novumverlag.com

www.ingramcontent.com/pod-product-compliance
Lightning Source LLC
LaVergne TN
LVHW012244070526
838201LV00090B/113